Die niederländische Autorin Hella S. Haasse wurde 1918 in Jakarta geboren. 1938 begann sie ein Skandinavistikstudium, wandte sich dann jedoch der Schauspielerei zu, bevor sie 1945 mit einem Gedichtband als Schriftstellerin debütierte. Seither veröffentlichte sie siebzehn Romane, für die sie mit wichtigen Literaturpreisen ausgezeichnet wurde, unter anderem 1983 mit dem niederländischen Staatspreis für Literatur. Hella S. Haasse ist verheiratet und lebt in Amsterdam.
Im Wunderlich Verlag sind ihre Romane «Wald der Erwartung» (1993) und «Die scharlachrote Stadt» (1994) erschienen.

Hella S. Haasse

Der schwarze See

Roman

Aus dem Niederländischen
von Maria Csollány

Rowohlt

Die Originalausgabe erschien bei
Em. Querido's Uitgeverij B. V., Amsterdam

Deutsche Erstausgabe
Veröffentlicht im Rowohlt Taschenbuch Verlag GmbH,
Reinbek bei Hamburg, August 1994

890-ISBN 3 499 13438 1

URUG WAR MEIN FREUND. Wenn ich an meine Kinder- und Jugendjahre zurückdenke, erscheint ausnahmslos das Bild von Urug in mir, als wäre meine Erinnerung eines jener Zauberbildchen, die wir früher zu kaufen pflegten, drei zu zehn Cent: gelblich glänzende, mit Leim bestrichene Papierstückchen, deren Oberfläche man mit einem Bleistift wegkratzen mußte, damit die verborgene Abbildung zutage trat. So taucht auch Urugs Bild in mir wieder auf, wenn ich mich in die Vergangenheit vertiefe. Mag auch die Umgebung unterschiedlich sein, je nachdem, ob die Zeitspanne, die ich mir ins Gedächtnis zurückrufe, kürzer oder länger zurückliegt, immerzu sehe ich Urug: im verwilderten Garten von Kebon Djati, auf dem rotbraunen, festgetretenen Schlamm der *sawah*-Pfade tief im Bergland von Preanger, in den heißen Waggons des kleinen Zuges, der uns täglich zur Grundschule in Sukabumi brachte und zurück, und später, im Internat in Batavia, wo wir beide die Mittelschule besuchten. Urug und ich, ins Spiel vertieft oder auf Streifzügen in der Wildnis; Urug und ich, über Hausaufgaben, Briefmarkensammlungen oder verbotene Bücher gebeugt; Urug und ich, unzertrennlich in allen Entwicklungsstufen vom Kind zum jungen Mann. Ich darf sagen, daß Urug sich wie ein Siegel, ein Mal in mein Leben geprägt hat; heute mehr denn je, da jeder Kontakt, jedes Beisammensein für immer der Vergangenheit angehört.

Ich weiß nicht, warum ich über meine Beziehung zu Urug Rechenschaft ablegen will, über alles, was Urug für mich bedeutet hat und immer noch bedeutet. Vielleicht reizt mich sein unwiderrufliches, unbegreifliches Anderssein, das Geheimnis von Geist und Blut, das für das Kind und den Knaben noch keine Probleme aufwarf, mich aber jetzt um so mehr quält.

Urug war der älteste Sohn des Mandurs, des Aufsehers meines Vater, und ebenso wie ich auf der Plantage Kebon Djati geboren, wo mein Vater Geschäftsführer war. Unsere Geburtstage lagen nur wenige Wochen auseinander. Meine Mutter war Urugs Mutter sehr zugetan, vermutlich weil sie als junge Holländerin, die zum ersten Mal in Ostindien war und auf dem abgelegenen Kebon Djati kaum Kontakt zu Geschlechtsgenossinnen und Landsleuten hatte, bei der sanften, heiteren Sidris Verständnis und Zuneigung fand. Ihre Freundschaft vertiefte sich durch die Tatsache, daß beide Frauen ihre erste Schwangerschaft erlebten. In den langen Tagesstunden, wenn mein Vater seine Inspektionsgänge durch die Plantagen machte oder im Büro neben der Fabrik arbeitete, saßen meine Mutter und Sidris mit Näharbeiten auf der hinteren Veranda und plauderten im vertraulichen Spiel von Frage und Antwort über ihre Erfahrungen, Ängste und Wünsche, über die zahllosen Nuancen der Stimmungen und Gefühle, die nur von Frau zu Frau ein Echo finden. Sie sahen die Dinge auf ihre eigene, unterschiedliche Art und konnten sich nur stotternd in der Sprache der anderen ausdrücken, aber unter Morgenmantel und Sarong wölbte sich im Schoß dasselbe Wunder.

So ist es denn verständlich, daß die Stunden des Beisammenseins auch dann fortgesetzt wurden, als ich zwischen Peddigrohr und Tüll gebettet neben Mutters Stuhl schlief und Urug im *slendang*, einem gebatikten Schal, auf Sidris' Rücken schaukelte. Das früheste Bild, das ich mir ins Gedächtnis zurückrufen kann, zeigt mir die beiden Frauen zwischen den Marmorsäulen der hinteren Veranda inmitten von Stapeln weißer Flickwäsche. Urug und ich krochen in gleichen Hemdhöschen aus gestreiftem Stoff zwischen den Farntöpfen herum, die die Stufen der Veranda säumten. Um uns helle, leuchtende Flecken in Rot, Gelb und Orange, die sich im Wind hin und her bewegten, Cannablüten, wie ich später erfuhr, mit denen der Hinterhof dicht bepflanzt war. Urug und ich suchten zwischen den Kieseln nach den halbdurchsichtigen Steinchen, die von den Einheimischen so lange poliert wurden, bis sie wie Halbedelsteine glänzten. In der Luft hing das Summen von Insekten, Wildtauben gurrten in ihren an Bambusstäben aufgehängten Käfigen hinter den Kammern der Diener. Ein Hund bellte, Hühner stoben gackernd über den Hof, und vom Brunnen her erklang das Geplätscher von Wasser. Der kühle Wind aus den Bergen trug leichten Rauchgeruch von den entfernten *desas*, den Dörfern der Einheimischen, herüber. Meine Mutter schenkte Vanillesirup in farbige Gläser – rot für mich, grün für Urug. Das Eis klirrte an den Rändern. Noch heute, wenn ich den Duft von Vanille einatme, taucht dieses Bild vor meinen Augen auf: Urug und ich, wie wir andächtig auf den mit Kieseln bestreuten Stufen sitzen und trinken, vor uns die im Wind schwankenden Farne und Blumen und der sonnige Hof mit den morgendlichen Geräuschen.

Zwei Jahre nach meiner Geburt hatte meine Mutter eine Fehlgeburt und konnte danach keine Kinder mehr bekommen. Vielleicht blieb Urug deshalb mein einziger Spielkamerad, obwohl Sidris ein Kind nach dem anderen zur Welt brachte.

Die Stunden auf der hinteren Veranda hatten ein Ende gefunden. Manchmal saß meine Mutter dort allein mit Briefen oder Handarbeiten, häufiger jedoch fand ich sie im

Halbdunkel ihres Schlafzimmers, wo sie mit einem nassen Taschentuch auf der Stirn in einem geflochtenen Liegesessel lag.

Ich suchte und fand einen Spielkameraden in Urug, wenn wir uns auf dem Hof oder draußen vor dem Zaun, im Kampong oder in den benachbarten Teeplantagen herumtrieben. Oft verbrachte ich ganze Tage bei Sidris und bei Urugs Geschwistern im Mandur-Haus, dem einzigen Steinbau im Kampong. Der Hof grenzte an den Fluß, der an dieser Stelle schmal und voll großer Felsblöcke war. Wir Kinder sprangen von Stein zu Stein oder wateten durch die untiefen Stellen, wo das kristallklare Wasser wie in einem Becken stand, und suchten nach rosa und grüngelben Krebsen, Libellen und anderem Getier. Über den Tümpeln und im dichten Gestrüpp entlang dem Ufer wimmelte es von Insekten. Während die kleineren Kinder nackt und reglos im hellbraunen Uferschlamm hockten, stocherten Urug und ich mit Stöcken in den dunklen Verstecken unter dem tief herabhängenden Grün.

Wir waren damals etwa sechs Jahre alt. Ich war etwas größer, doch Urugs magerer, muskulöser Körper wirkte erwachsener. Die Linie von den Schulterblättern zu den schmalen, seitlich etwas abgeflachten Hüften hatte schon den gleichen lässigen Schwung, den man bei den aufgeschossenen Burschen und jungen Männern auf dem Fabriksgelände und den *sawahs*, den Reisfeldern, beobachten konnte. Urug krümmte die geschmeidigen Zehen und balancierte geduckt, mit größerer Sicherheit als ich, über Steine und Äste; er reagierte auch schneller, wenn er das Gleichgewicht verlor. Damals ging ich noch so in unseren Spielen auf, daß ich mir all dieser Dinge kaum bewußt wurde. Ich ärgerte mich über meine Sommersprossen, über meine Haut, die sich in der grellen Sonne rötete und schälte, und beneidete Urug um seine ebenmäßig dunkle Farbe, die nur hier und da durch rosa Flecke, die Folgen einer früheren Hautkrankheit, verunstaltet wurde. Urugs Gesicht war flach und breit wie das seiner Mutter Sidris, aber ohne den Anflug sanfter Heiterkeit, der ihre Züge so anziehend machte. Seit ich mich erinnern kann, wich der gespannte, forschende Blick niemals aus seinen Augen, als horche er auf ein Geräusch, ein Signal, das niemand anders hören konnte als er. Urugs Augen waren so dunkel, daß selbst das Weiße im Auge wie im Schatten lag. Wenn er fröhlich oder wütend war, kniff er sie ein wenig zusammen, so daß ihr Funkeln hinter dem Kranz kurzer, harter Wimpern verschwand. Wie die meisten Indonesier lachte Urug nie mit offenem Mund. Wenn er sich vor Freude nicht mehr zu fassen wußte, wiegte er sich schweigend hin und her mit einem zur Grimasse verzerrten Gesicht. Gewöhnlich amüsierte er sich über andere Dinge als ich. Wenn ich nach einem besonders gelungenen Fang – einem hellrosa, wie eine Muschel marmorierten Krebs oder einem durchsichtigen Salamander – aufgeregt jauchzend über die Steine im *kali*, im Fluß, herumsprang, musterte Urug die Beute nur gespannt mit leicht geblähten Nasenflügeln. Er ging geschickt mit Tieren um, er fing sie und hielt sie fest, ohne daß sie ihn jemals verletzten. Ich sperrte sie am liebsten in Schachteln oder Blechbüchsen mit einem Glasdeckel ein – meine Mutter hatte mir trotz ihrer nie überwundenen Abscheu vor den «Viechern» erlaubt, meine Sammlung in einem Nebengebäude unterzubringen. Urug fand jedoch wenig Gefallen an der regelmäßigen Pflege und Versorgung dieser Menagerie. Seine Aufmerksamkeit erlosch dort, wo die meine begann. Oft ärgerte er einen Krebs mit einem Strohhalm, bis sich das Tier in Angriffshaltung aufrichtete. Den größten Spaß machten ihm Wettkämpfe zwischen zwei Tieren verschiedener Art – er zwang Kröten dazu, ihre Kräfte mit Fluß- und Uferkrebsen zu messen, hetzte Vogelspinne gegen Salamander, Wespe gegen Libelle. Vielleicht wäre es übertrieben, hier von Grausamkeit zu sprechen. Urug war nicht grausam, ihm fehlte nur jenes vage Gefühl kreatürlicher Verwandtschaft, das den Europäer dazu bewegt, Tiere zu achten und zu schonen. Wenn ich als Zuschauer bei diesen Gladiatorenkämpfen, teils vor Aufregung, teils von Schuldgefühlen und Abscheu übermannt laut aufschrie, sah Urug mich erstaunt von der Seite her an und sagte, wie um mich zu trösten, auf Sundanesisch: «Was macht das schon? Es sind ja bloß Tiere.» Am liebsten spielten wir Jäger oder Entdecker und schlichen unter den Obstbäumen im Hinterhof herum oder, was noch aufregender war, über die Steine im Fluß.

Wenn mein Vater auf Dienstreise war und meine Mutter an einem ihrer immer häufiger wiederkehrenden Kopfschmerzanfälle litt, aß ich mittags bei Urug zu Hause. Sidris, die nach den vielen Entbindungen rasch alterte und ihre schlanke Figur verloren hatte, kauerte mit anderen weiblichen Verwandten inmitten der Küchengeräte auf dem Hinterhof und buk mit Reis und Fleisch gefüllte Fladen in heißem Öl. Die Kinder saßen um sie herum und verzehrten schweigend, was Sidris ihnen auf den Bananenblättern hinschob. Magere Hühner pickten die Reiskörner vom Boden auf, und ein schwarzer Hund, der immer Krätze hatte, schlich in einiger Entfernung herum und wartete, bis wir aufstanden. Ich fühlte mich bei Urug wie zu Hause, auch drinnen im Haus, wo es nach Kokosfett roch, mit dem Sidris ihren Haarknoten einrieb. Auf der vorderen Veranda standen ein paar geräumige, alte Schaukelstühle, ein Geschenk meiner Mutter. Papierfächer und farbige Abbildungen aus Zeitschriften hingen an den Innenwänden aus weißgetünchtem Bambusgeflecht. Am besten gefiel mir ein Vorhang aus japanischen Perlenschnüren vor der Tür zu den beiden Schlafkammern. Das Bild darauf zeigte den

Fudschijama in unwirklichen türkisblauen Farben mit einem Vordergrund aus grellrosa und meergrünen Blütenbäumen. Wenn wir durch den Vorhang gingen, schlossen sich die Schnüre geheimnisvoll raschelnd hinter uns wieder. In einem der Schaukelstühle saß tagaus, tagein Urugs Großvater in einem gestreiften Schlafanzug aus Baumwollstoff, einen Sarong locker um die Schultern geschlagen. Er war kindisch geworden, nickte und lachte dauernd und entblößte dabei die vom Betelkauen dunkelrot gefärbten Zahnstümpfe. Vor dem Haus war ein kleiner Hof, den eine niedrige, weißgekalkte Mauer vom übrigen Kampong trennte. In der rötlichen Erde hatten Urug und ich nach dem Vorbild unseres Gartens Beete angelegt, deren Ränder allerdings nicht aus gleichgroßen weißen Steinen oder dekorativen Blumentöpfen bestanden, sondern aus Flaschen, die wir mit dem Hals nach unten eingegraben hatten, so daß nur die nach innen gewölbten Böden hell- und dunkelgrün glänzend aus dem Boden ragten. Obwohl in Sidris' Garten weder Gras noch Bäume wuchsen, boten unsere Beete dennoch einen hübschen Anblick.

Manchmal kam Urug auch zu mir, doch an diesen Besuchen hatten wir beide wenig Freude. Wildes Herumtoben kam aus Rücksicht auf meine Mutter nicht in Frage, und für Baukastenspiele oder Bilderangucken waren wir zu unruhig. In der Regenzeit, wenn sich der Garten in einen Sumpf und die Pfade in Sturzbäche verwandelt hatten, saßen wir auf den Stufen der hinteren Veranda und streckten unsere Zehen in den feuchten Nebel, der aus dem vom Vordach herabstürzenden Wasser aufstieg. Die Wasserstrahlen aus den Dachrinnen ergossen sich mit eintönigem, dumpfem Rauschen in Abflußkanäle und Auffangbecken, den ganzen Tag über quakten Frösche. Sonst war nichts zu hören unter den tiefhängenden bleigrauen Wolken, die die Berggipfel vor uns verhüllten.

In dieser Zeit blieb mein Vater öfter zu Hause. Er saß auf der inneren Veranda, die ihm als Studierzimmer diente, manchmal in Gesellschaft meiner Mutter, meist aber allein. Urug und ich bekamen unser Essen von der *babu*, der Kinderfrau, an einem besonderen Tisch und zu anderen Zeiten serviert, als meine Eltern ihre Mahlzeiten einnahmen. Nur abends durfte ich hin und wieder bei Vater und Mutter am Tisch sitzen, fühlte mich aber dabei nie recht wohl. Der Tisch unter der tief herabhängenden Lampe lag wie eine Insel der Einsamkeit in der riesigen hinteren Veranda. Von Zeit zu Zeit wechselten meine Eltern ein paar Worte mit gedämpfter Stimme, meist über Haushaltsangelegenheiten, über die Fabrik, über Vaters Probleme mit den Angestellten. Der *djongos*, unser Hausdiener, ging schweigend zwischen Tisch und Speisekammer hin und her und bediente uns. Er trug ein sauberes wie eine Krone gefaltetes Kopftuch. Wenn er sich über mich beugte, roch ich ein Gemisch aus süßem Tabak und Stärke, das seinem Sarong und seiner weißen Jacke entströmte. Manchmal stellte Vater mir Fragen: Ob ich folgsam gewesen sei und was ich tagsüber gemacht hätte. Ich konnte darauf nie unbefangen antworten, weil es danach oft zu Meinungsverschiedenheiten zwischen meinen Eltern kam. Vater lauschte mit unwillig gerunzelter Stirn, wenn ich stockend von meinen Spielen und Abenteuern erzählte.

«Der Junge gehört nicht in den Kampong», bemerkte er gewöhnlich, wenn ich verstummte, «das verdirbt ihn nur. Er spricht nicht einmal richtig Holländisch. Hörst du das nicht? Er ist schon der reinste *katjang*. Warum behältst du ihn nicht zu Hause?»

«Er muß zur Schule», antwortete Mutter einmal auf eine solche Tirade. «Er ist jetzt sechs. Wie soll ich ihn ins Haus sperren? Er muß sich beschäftigen, er muß spielen. Es gibt hier keine anderen Kinder. Er ist immer allein.»

«Urug», platzte ich entrüstet heraus, weil sie meinen Freund nicht erwähnte. Mutter zuckte die Achseln.

«So wie er daherredet, nimmt ihn keine Schule auf», sagte Vater. «Jedes zweite Wort ist Sundanesisch. Er muß zuerst ordentlich Holländisch sprechen lernen.»

Weitere Diskussionen fanden in meiner Gegenwart nicht statt, doch wenige Tage darauf kam ein junger Angestellter der Fabrik zu uns, der, wie ich hörte, eigentlich Lehrer hatte werden wollen. Man erklärte mir, er werde mich für die Grundschule in Sukabumi vorbereiten. Ich wehrte mich verzweifelt. Draußen auf dem Hof wartete Urug – Mutter hatte ihn fortgeschickt, als mein neuer Lehrer auftauchte. Zwischen den Sträuchern, hinter denen sich das Gebäude mit den Dienerkammern versteckte, sah ich Urugs hellrotes Trikot aufleuchten. Wir hatten uns verabredet, Ameisenlöwen auszugraben. Während Mutter mit dem jungen Mann sprach, versuchte ich vergeblich über die hintere Veranda zu entkommen.

Ich mußte mich auf einen Stuhl setzen und auf Fragen antworten, ohne dabei ins Sundanesische zu verfallen, das mir vertrauter war als das Niederländische. Urug kam bis zu den Stufen der Veranda und schaute uns voller Staunen schweigend zu. Bis zum Ende der «Stunde» rührte er sich nicht von der Stelle.

Abends vor dem Schlafengehen kam Mutter in mein Zimmer, was sie nur selten tat. Während ich mich unter der Aufsicht der Babu etwas verlegen wusch und auszog, teilte sie mir mit, die Stunden mit Herrn Bollinger würden bis August, wenn die Schule anfing, fortgesetzt werden. Ich sagte, ich wolle nicht zur Schule gehen, und dachte vor allem an das Stillsitzen und Abfragen. Mutter zählte die Freuden meines künftigen Status auf, aber die Aussicht, lesen, schreiben und rechnen zu lernen, begeisterte mich wenig.

«Geht Urug auch mit?» fragte ich, als sie ihre Rede beendet hatte. Mutter seufzte. In einen Kimono aus geblümtem Stoff gehüllt, saß sie in einem niedrigen Korbstuhl neben meinem Bett, umgeben von der unvermeidlichen Duftwolke ihres Kölnischwassers.

«Das geht doch nicht», erwiderte sie ungeduldig und benetzte ihre Schläfen mit einem feuchten Taschentuch. «Sei doch nicht so dumm. Urug ist bloß ein einheimischer Junge.»

«Muß er denn nicht zur Schule gehen?» fragte ich hartnäckig. Mutter stand auf und küßte mich flüchtig auf die Wange.

«Doch, das schon», sagte sie unsicher. «Aber in eine andere Schule natürlich. Geh jetzt schlafen.» Ich kletterte in mein Bett, und die Babu stopfte das Moskitonetz ringsherum fest.

«Ich werde Sidris bitten...» fing ich wieder an. Ich blieb am Fußende hocken und schaute durch die Maschen des Netzes meiner Mutter nach. An der Tür blieb sie stehen.

«Du darfst nicht mehr im Kampong spielen», sagte sie in dem leicht gereizten, nervösen Ton, der den nahenden Kopfschmerz ankündigte. «Dein Vater sieht es nicht gern. Urug soll lieber zu uns kommen, wenn du so an ihm hängst. Schlaf gut.»

So geschah es auch. Obwohl ich jede Gelegenheit nutzte, vor allem die Zeiten von Vaters Abwesenheit, zum Fluß und in Sidris' gastfreundliches Heim zu entwischen, kam Urug jetzt meistens zu mir. Wir plünderten die Obstbäume im Garten, machten Jagd auf allerlei Getier unter den Sträuchern des verwahrlosten Grundstücks hinter dem Haus oder hockten bei Regenwetter hinter den Säulen der Veranda, in Spiele vertieft, an die ich mich nicht mehr erinnern kann. Wenn Herr Bollinger zum «Unterricht» kam, blieb Urug in der Nähe. Er saß nicht weit von uns entfernt auf dem Boden und ließ uns nicht aus den Augen. Die Nachricht, daß ich zur Schule gehen müsse, nahm er gelassen hin. Er fragte nur, ob ich mit dem Zug dorthin fahren würde, und als ich das bejahte, ahmte er mit fanatischer Begeisterung das Schnaufen und Stoßen einer Lokomotive nach. Über die Schule und Herrn Bollinger verloren wir kein weiteres Wort. Sowohl Urug als auch ich hielten es für selbstverständlich, daß er beim Unterricht dabei blieb. Mutter kam von Zeit zu Zeit herein, wenn Herr Bollinger da war, und versuchte ein- oder zweimal Urug fortzuschikken. Dann trollte er sich langsam davon, stand aber nach einer Viertelstunde wieder hinter den Blumentöpfen auf den Stufen der Veranda.

Mein Vater zeigte sich zufrieden über die Zunahme meines Wortschatzes. Bis weit in meine Schulzeit hinein behielt ich jedoch den starken Akzent eines Inländers, der sich geläufiger auf sundanesisch als auf niederländisch ausdrücken kann.

Die Monate vergingen mit Vorbereitungen für den Schulbesuch. Auf der inneren Veranda saß eine alte indonesische Hausschneiderin an der Tretnähmaschine und nähte unter Mutters Aufsicht für mich Hosen und Hemden statt der Baumwollanzüge, die ich bisher getragen hatte. Ein Chinese kam, um mir Sandalen anzumessen. Schließlich kehrte Vater von einer Dienstreise zurück mit einem Ranzen und anderen Schulutensilien. Damit ausstaffiert, zeigte ich mich vor Urug. Er betrachtete mich aufmerksam, untersuchte den Inhalt meines Griffelkastens und erkundigte sich nochmals, ob ich nun jeden Tag mit dem Zug fahren werde.

Eines Abends ging Mutter besonders hübsch angezogen und frisch frisiert im Hause herum. Die Lämpchen auf der inneren Veranda brannten, und unser Djongos stellte Schälchen mit Süßigkeiten auf den Tisch. Man erklärte mir, es komme Besuch, ein paar Damen und Herren aus Batavia, die auf einer benachbarten Plantage ihren Urlaub verbrachten, sowie Herr Bollinger.

«Nein, du bekommst keinen Unterricht», sagte Mutter lächelnd. Sie blieb vor einem Spiegel stehen und betrachtete sich. «Wenn du dich anständig benimmst, darfst du mit uns essen.» Die Babu zog mir einen meiner neuen Schulanzüge an. Sehr beeindruckt von der ungewohnten Situation erwartete ich die Gäste vor dem Haus. Die Sonne war soeben untergegangen, und die Bäume, die den Garten umgaben, zeichneten sich scharf vor den roten Wolkenbänken im Westen ab. Auf den Berggipfeln war es noch hell. Das einschläfernde Summen der Insekten erklang aus der Dunkelheit unter den Bäumen und Sträuchern. Im Kampong schlug jemand auf einen ausgehöhlten Baumstamm zum Zeichen, daß die Nacht angebrochen war. Während ich in die verblassende Glut über dem Horizont starrte, überkam mich ein nie zuvor gekanntes Gefühl des Unbehagens – weil ich zur Schule gehen mußte und weil sich jetzt alles ändern würde. Ich weiß nicht, ob mir das damals bewußt war, möglicherweise versuche ich erst jetzt im nachhinein, für meine melancholische Stimmung und leichte Verdrossenheit eine Erklärung zu finden.

Unten fuhr ein Auto vom breiten Weg in das Tor und hielt kurz darauf vor den Stufen der Veranda. Mutter kam heraus und begrüßte die Gäste, die Vater mitgebracht hatte. Vom anschließenden Abendessen weiß ich nur noch, daß meine Eltern redeten und lachten wie nie zuvor und daß ich vor Staunen fast vergaß zu essen. Nach der Reistafel versammelten sich alle auf der inneren Veranda – ich kauerte unbemerkt auf dem Boden neben dem Grammophonschrank –, und einer der Gäste schlug vor, hinauf in die Berge zum Telaga Hideung, zum schwarzen See, zu fahren. Als ich den Namen hörte, begann mein Herz wild zu klopfen. In Urugs und meiner Phantasie spielte der Bergsee eine große Rolle, vor allem wegen der unheimlichen Geschichten, die man über ihn erzählte. Telaga Hideung im tiefen Urwald war ein Tummelplatz der bösen Geister und der Seelen von Verstorbenen; dort wohnte Nènèh Kombèl, ein Vampir in Gestalt einer alten Frau, die auf tote Kinder lauerte.

Eine Cousine Urugs, die Satih hieß und bei Sidris im Hause wohnte, wußte viele gruselige Geschichten, die alle irgendwie mit dem schwarzen See zu tun hatten. Wir ließen unserer Phantasie freien Lauf und stellten uns eine tintenschwarze Wasserfläche vor, auf der Ungeheuer und Geister ihr Unwesen trieben. Später, wenn wir erwachsen waren, wollten wir zum See hinaufsteigen und die Dämonen bekämpfen. Manchmal, wenn wir müde vom Spielen oder vor einem Regenschauer Schutz suchend nebeneinander kauerten, malten wir unsere künftige grausige Expedition in allen Einzelheiten aus und erschauerten vor Angst, ein Gefühl, das wir trotzdem irgendwie genossen.

Als ganz kleines Kind war ich einmal am Telaga Hideung gewesen, doch von dem Ausflug war mir nur das Bild meines Vaters im Badeanzug im Gedächtnis geblieben. Der See wurde von den Angestellten des Unternehmens zum Schwimmen benutzt, wenn auch nur selten, da er zu weit entfernt lag. Nun schlug Herr Bollinger vor, im See zu baden, und zeigte auf den Vollmond, der als orangerote Scheibe hinter dem Laub der Bäume aufging. Der Plan fand allgemeine Zustimmung. Als alle aufstanden, kroch ich aus meinem Versteck hervor und zupfte an Mutters Rockzipfel. Ihr Gesicht war gerötet, ihre Augen glänzten. Mit den langen Ohrgehängen und den aufgesteckten Haaren kam sie mir an diesem Abend sehr schön, aber fremd vor.

«Was, du bist noch nicht im Bett?» fragte sie mit einem zerstreuten Lächeln, «Willst du mitkommen?» Vater, der mit einem Armvoll Badezeug aus dem Schlafzimmer kam, runzelte die Augenbrauen und erhob Einwände, aber die übrige Gesellschaft überstimmte ihn unter Lachen und Scherzen – es standen viele leere Gläser auf dem Tisch –, so daß ich mitkommen durfte. Ich zitterte vor Aufregung. Einerseits tat es mir leid, daß Urug nicht dabeisein konnte, andererseits war ich außer mir vor Stolz, daß ich den See als erster sehen würde, wenn auch unter der Obhut der Erwachsenen, deren sorglose Heiterkeit, als handele es sich um einen harmlosen Ausflug, ich heimlich bewunderte. Der Hausdiener wurde zum Mandurhaus geschickt, um Deppoh, Urugs Vater, zu holen. Ich verstand nicht, wozu man ihn brauchte, getraute mich aber nicht zu fragen, geschweige denn, ob Urug mitkommen dürfe, aus Angst, man könne mich zu guter Letzt doch noch zu Hause lassen. Schließlich saßen alle im Auto, ich lehnte mich an Herrn Bollingers Knie. Auf den Trittbrettern an beiden Seiten standen Urugs Vater und unser Gärtner Danuh. Wir fuhren los. Ich schaute zu Deppoh auf, den ich nicht sehr gut kannte und vor dem ich fast ebenso großen Respekt hatte wie vor meinem eigenen Vater. Er war der schönste Indonesier, den ich je gesehen habe, schlank und groß, mit besonders fein geschnittenen Gesichtszügen. Er stand ganz gerade auf dem Trittbrett und hielt sich mit einer Hand nur leicht fest. Das Mondlicht schien auf seine weißgestärkte Jacke. Es kam mir vor, als schaute er verächtlich auf die lärmende Gesellschaft im Auto herab. Einer der Gäste erzählte eine lange Geschichte, die ich nicht verstand, und die ständig von stürmischem Gelächter unterbrochen wurde. Meine Mutter lehnte sich in die Ecke zwischen Herrn Bollinger und der Autowand zurück und legte den Kopf an die Falten des offenen Verdecks. Sie lachte Tränen, die auf ihren Wangen glitzerten. Allmählich wurde mir das Stehen an den Knien meines Lehrers unbequem, und ich versuchte mir einen Sitzplatz zwischen ihm und meiner Mutter zu erobern. Ich schob die Falten von Mutters Kleid beiseite und entdeckte, daß sie Herrn Bollingers Hand festhielt.

Der Nachthimmel war metallblau und voller Sterne. Der Mond stand jetzt höher und hatte seinen roten Schimmer verloren. Der Wind rauschte im Gras und im Bambusgebüsch auf beiden Seiten des Weges, der sich in weiten Kurven am Berghang hinaufwand. Manchmal erreichten wir eine offene Fläche, von der aus wir eine schöne Aussicht über die Ebene hatten. Die Sawahs glitzerten hell zwischen den schwarzen Baumgruppen, hie und da flackerte ein Licht in einer Desa-Hütte. Die Teeplantagen mit ihren langen Reihen gleichförmiger Sträucher glichen von oben gesehen ordentlich aufgestellten Schafen, die reglos im Mondlicht verharrten, da und dort überschattet vom hellen Laub der Albitia-Bäume.

Je weiter wir fuhren, desto lauter wurde das Rauschen herabstürzenden Wassers. Zwischen den bemoosten Steinen der steil aufragenden Bergwand glitzerten kleine Rinnsale, die sich entlang der Straße zu einem Bach vereinigten. In der Luft, die hier oben sehr kühl war, hing ein Geruch von feuchter Erde und verrottendem Laub. Nach einer Kurve begann der Urwald, und wir fuhren mit ausgelassenen Scherzen und lautem Gelächter in die Dunkelheit. Ich allein hatte Angst vor der Finsternis voller Nachtgeräusche und setzte mich auf den Boden des Wagens. Nur Deppohs Nähe, der unbeweglich auf dem Trittbrett stand, gab mir ein Gefühl der Sicherheit. Offensichtlich ahnten die anderen der lärmenden Gesellschaft nicht einmal, welche Gefahren in diesem Reich der Dämonen auf sie lauerten. Nur Deppoh, zu dessen scharf umrissenem Profil ich aufschaute, so oft das Mondlicht durch das Blätterdach über uns hindurchdrang, wußte Bescheid, davon war ich überzeugt.

Das Auto hielt an und alle stiegen aus. Ich schmiegte mich an Deppoh, der mit einer Taschenlampe den Weg durch das niedrige Gestrüpp wies. Ein schmaler, steiniger Pfad führte steil nach oben. Um uns herum raschelte es, als schlichen viele unsichtbare Wesen neben uns den Berg hinauf. Über unseren Köpfen sprang etwas von Ast zu Ast.

«Ein Flughörnchen», sagte Deppoh, als ich mich an seinen Sarong klammerte.

«Nicht Nènèh Kombèl?» fragte ich zitternd vor Angst.

«Aber nein.» Deppohs Stimme klang schroff und bestimmt. «Der *sinjo besar* müßte schon längst im Bett liegen.» Er blieb stehen, drehte sich um und leuchtete mit der Taschenlampe auf den Weg, damit uns die anderen einholen konnten. Im Gänsemarsch kletterten sie hinauf; meine Mutter und Herr Bollinger, der sie stützte, waren die letzten. Wir gingen weiter wie durch einen finsteren Tunnel, in den nur Deppohs Lampe einen Lichtstrahl bohrte. Schweigend lief ich neben ihm her und bemühte mich, meine Furcht vor den Geräuschen im Gebüsch zu unterdrücken.

«Muß Urug nicht in die Schule gehen?» fragte ich schließlich. Der Gedanke an Urug brachte einen Anflug von Wirklichkeit in diese nachtschwarze Welt.

«Vielleicht», gab Deppoh zur Antwort.

In der Ferne glänzte ein heller Fleck. Als wir näher kamen, sah ich, daß der Mondschein in gebündelten Lichtstrahlen durch die Lücken im Laub der Bäume fiel.

«Dort ist Telaga Hideung», sagte Deppoh ruhig. Das Herz klopfte mir in der Kehle, aber eine Umkehr war nicht möglich. Mein Vater und zwei andere Herren begannen zu laufen und wetteiferten, wer den See als erster erreichte. Ich schämte mich für sie und spähte ängstlich links und rechts nach vorbeihuschenden Schatten. Weit vor uns erklang das Lachen der Wettläufer. Jetzt gingen auch meine Mutter, Herr Bollinger und die andere Dame an uns vorbei. Danuh, der Gärtner, trat schweigend an meine andere Seite. Im Mondlicht stiegen wir zum Seeufer hinunter. Ein Gefühl der Enttäuschung überkam mich. Ich sah nicht die endlose schwarze Wasserfläche meiner Träume, sondern einen Teich, fast einen Tümpel, an allen Seiten von fast senkrecht aufsteigenden, dicht mit Urwald bewachsenen Felswänden umgeben. Die gefiederten, wolligen Baumkronen glänzten hellblau im Mondschein. Der See glich dem glänzenden Boden einer Vase, die die Form eines Kegelstumpfes hatte. Auf der Oberfläche, vor allem in Ufernähe, trieben Schwimmpflanzen. Lianen und die Zweige einzelner Bäume hingen bis zum Wasser herab. Das tausendstimmige Summen der Insekten und einzelne Schreie der Nachttiere im Urwald vertieften noch die beklemmende Stille. Über den Bergspitzen funkelte das eiskalte Licht der Sterne. Ich beobachtete das schwarze Ufer an der gegenüberliegenden Seite, wo die Zweige die Wasserfläche berührten. Mühelos stellte ich mir vor, daß sich dort böse Geister versteckten, bereit, uns anzugreifen. Deppoh und Danuh verschwanden in der Dunkelheit, und ich gesellte mich nach einigem Zögern zu Mutter und den anderen. Jetzt verstand ich erst, warum Urugs Vater und der Gärtner mitgekommen waren. Im Wasser ertönte leises Plätschern, und am Ufer entlang näherte sich ein Floß mit einem zweistöckigen Bambushäuschen, das von den beiden Männern mit Stangen vorwärts bewegt wurde. An einer Stelle, die nicht ganz so schlammig war, bestiegen wir das Floß, dessen dünner Bretterboden auf ausgehöhlten Bambusstämmen lag.

Während sich die Damen auf einer alten Bank aus Flechtwerk niederließen und die Männer mit ihrem Badezeug im Häuschen verschwanden, trieb das Floß langsam zur Seemitte. Danuh ging mit der Stange stakend auf und ab, Deppoh wies ihn mit gedämpfter Stimme an und maß von Zeit zu Zeit, auf der Suche nach einem geeigneten Schwimmplatz, die Wassertiefe. Vater und seine Gäste lachten laut im Bambushäuschen. Ich stand neben der Bank, auf der die Frauen saßen, und sah zum anderen Ufer, wo jede Bewegung der im Mondlicht zitternden Blätter, jeder Laut übernatürlichen Ursprungs sein konnte. Hier schwimmen zu wollen erschien mir ein gefährliches und wahnwitziges Unterfangen – hatte Satih nicht erzählt, der See sei Tausende von Metern tief und eine Riesenschlange hause darin? Ohne erkennbare Ursache bildeten sich immer wieder Kreise auf der Oberfläche – die zerlaufenden Wellen glitzerten im Mondschein. Bewegte sich dort nicht etwas in der Tiefe? Ich schrie auf vor Angst, als in der Nähe des Flosses etwas Weißes auftauchte, und die Heiterkeit der anderen konnte mich auch dann kaum beruhigen, als sich herausstellte, daß es Herr Bollinger war, der sich geräuschlos ins Wasser hatte gleiten lassen, um uns zu erschrecken. Die Körper der Männer schimmerten weiß im fahlen Licht. Abwechselnd tauchten sie unter und kamen blasend und prustend wieder hoch. Das von Bergen umsäumte Tal war plötzlich voll von lauten Stimmen und Geplätscher. Ich verstand nicht, wie sie so sorglos sein konnten. Danuh manövrierte das Floß so geschickt, daß es sich auf derselben Stelle hielt. Deppoh kauerte im Schatten des Bambushäuschens – ich sah im Dunkeln nur die glühende Spitze seiner Zigarette. Seine Gelassenheit machte mir Mut. Ich setzte mich neben ihn.

«Ist es wahr, daß Nènèh Kombèl kleine Kinder frißt?» erkundigte ich mich flüsternd.

«Ach was», erwiderte Deppoh mit einem Unterton von Ungeduld. Er ging nicht weiter auf meine Frage ein, sondern beugte sich vor und rief den Männern im See eine Warnung zu.

«Wasserpflanzen», erklärte er. «Nur in der Nähe des

Floßes ist das Baden sicher. Die Wasserpflanzen fangen den Menschen ein und halten ihn fest, so daß er ertrinken muß. Ich kenne Telaga Hideung.» Fasziniert starrte ich ins Wasser und hoffte, Vater würde bald herauskommen auf das sichere Floß. Ich brauchte nicht lange zu warten. Die nächtliche Kälte trieb die Schwimmer aufs Trockene. Prustend und stampfend standen sie auf dem Floß und rieben sich mit den Handtüchern ab. Danach spielten sie in einer Anwandlung von Übermut Bockspringen und jagten einander rund um den Sitzplatz der Frauen. Der Bretterboden krachte, das ganze Floß schwankte und ächzte. Deppoh rief: «Passen Sie auf! Der Bambus ist alt!», doch niemand hörte auf ihn. Herr Bollinger, den die anderen ins Wasser werfen wollten, floh zum Häuschen und kletterte auf das Flachdach. Vater und die beiden anderen Gäste setzten ihm nach. Die Frauen spornten sie mit lauten Rufen an. Die Jagd begeisterte mich, und ich lief um das Häuschen herum bis zur äußersten Floßkante, weil ich sehen wollte, wie Herr Bollinger ihnen entkam. Mehr weiß ich nicht. Ich hörte noch das Krachen von zerbrechendem Bambus, alle schrien und kreischten verstört auf, dann stürzte ich kopfüber in die eiskalte Finsternis.

Als ich zu mir kam, lag ich in meinem Bett. Durch den weißen Nebel des Moskitonetzes sah ich ein kleines Licht. Mein Vater stand am Fußende und schaute mich an. Ich wußte nicht, was passiert war. Zuerst glaubte ich, ich hätte das Mondlicht und den See nur geträumt, doch mein Haar war feucht, und im Mund spürte ich noch immer den Geschmack des schlammigen Wassers. Ich bewegte mich und rief. Vater schob das Moskitonetz beiseite, jetzt tauchte auch die Babu hinter ihm auf mit einem Glas dampfender Flüssigkeit. Ich schmiegte mich an Vater und trank. Sofort darauf schlief ich wieder ein.

Erst Tage später erfuhr ich, wie sich alles zugetragen hatte. Das ohnehin überlastete Floß hatte dem Gerangel auf dem Bambushäuschen nicht standgehalten. Die altersmorschen Bretter waren der Wucht der sich balgenden Männer nicht gewachsen – der Teil des Floßes, auf dem das Übergewicht lastete, brach ab, kippte um und verschwand in der Tiefe. Heftig erschrocken, einige durch Bambussplitter leicht verletzt, kamen die Männer sofort wieder an die Oberfläche. Nur ich wurde vermißt. Deppoh tauchte zwischen den herumtreibenden Holz- und Flechtwerktrümmern nach mir. Bald darauf fand Vater mich halb erstickt in der zerfetzten Bambuswand des Häuschens eingeklemmt. Auf dem verbliebenen Teil des Floßes hatten sie schließlich das Ufer erreicht.

«Und – Deppoh?» fragte ich. Eine entsetzliche Ahnung ließ mein Herz heftiger schlagen.

«Deppoh hat sich in den Wasserpflanzen verfangen», sagte Vater langsam und so leise, als hoffte er, ich würde es nicht hören. «Deppoh ist tot.»

Ein größeres Unglück hätte mir nicht widerfahren können. Am meisten bedrückte mich der Gedanke, daß Deppoh umgekommen war, als er nach mir suchte. Das Bild der Wasserpflanzen, von denen er mir an dem Abend auf dem See erzählt hatte, ging mir nicht aus dem Kopf. Zu allen Tages- und Nachtstunden ängstigte mich die grauenhafte Vision, wie sein Körper vergeblich gegen die zähen, klebrigen Stengel kämpfte. Immer wieder schreckte ich schreiend aus dem Schlaf hoch. Im Fieber erkannte ich Gestalten an meinem Bett: meine Mutter, Herrn Bollinger mit einem Verband um den Kopf, meinen Vater. Einmal kam auch Urug, aber wir wechselten kaum ein Wort. Urug war ungewöhnlich still und verlegen in Gegenwart der Erwachsenen; meine Krankheit und die Atmosphäre in dem dämmrigen Schlafzimmer bedrückten ihn. Mich quälte der

Gedanke, daß ich die Ursache war für den Tod seines Vaters. Schweigend starrten wir einander an. Mutter erklärte: «Urug möchte sich verabschieden. Er zieht um.» Jetzt erfuhr ich auch, wie es weitergehen würde. Ein neuer Mandur würde mit seiner Familie in das steinerne Haus am Fluß einziehen; Sidris und ihre Kinder würden fortan bei Verwandten in einem weiter oben am Berg gelegenen Desa wohnen.

Ich habe niemals erfahren, was schließlich den Ausschlag gab: meine verzweifelte Trauer bei der Aussicht, von Urug getrennt zu werden, das Schuldbewußtsein meiner Eltern gegenüber Deppohs Sohn, möglicherweise auch der Ehrgeiz und die mütterliche Fürsorge der sanftmütigen Sidris.

Eines Tages kam sie zum erstenmal seit vielen Jahren zu uns ins Haus, sorgfältig gekleidet, eine duftende Blüte im Haarknoten, die Stirn mit weißem Talkum bepudert. Sie blieb lange bei meiner Mutter, ich hörte ihre Stimmen im benachbarten Schlafzimmer, konnte aber kein Wort verstehen.

Die dort gefaßten Beschlüsse hatten weitreichende Folgen. Urug sollte von nun an bei unserem Hausburschen, einem Neffen von Deppoh, wohnen und in Sukabumi die Holländische Schule für indonesische Kinder besuchen.

Wenn ich heute an die Jahre in der Grundschule zurückdenke, verschmelzen die Tage zu einem einzigen Bild, wahrscheinlich weil immer dieselben Eindrücke sich mit fester Regelmäßigkeit wiederholten. Am frühen Morgen die Autofahrt zu dem kleinen Bahnhof, der eine halbe Wegstunde entfernt von der Plantage lag. Schwere Tautropfen glitzerten auf den Gräsern und Blättern, die Sonne war eben erst aufgegangen, und ein blauer Morgennebel hing über dem Land. Die einheimischen Bauern trugen Früchte und andere leicht verderbliche Erzeugnisse zum Zug; unter der Last ihres Tragjochs gebeugt liefen sie in rhythmischem

Zuckeltrab auf der Straße zum Bahnhof. Ein Bauer trieb Ochsen auf die Sawahs, kleine Jungen halfen ihm dabei und lenkten mit schrillem Geschrei die Tiere auf den Grasstreifen am Wegrand. Urug kannte einige von ihnen und rief, weit aus dem Auto gebeugt, Grüße zu ihnen hinüber. Aus der entgegengesetzten Richtung strebten Gruppen von Teepflückerinnen und Arbeitern zur Plantage. Die Frauen sahen sich nach uns um und lächelten unter den Falten der Slendangs, die sie um den Kopf gewickelt trugen. Aus den Desa-Hütten, die im Schatten hoher Bäume an der Straße lagen, kamen kleine Kinder, Hunde und Hühner gelaufen.

Auf dem Bahnhof herrschte stets das gleiche Gedränge. Zwischen aufgestapelten Körben wimmelte es von Menschen, die auf den ersten Zug warteten; ein *warong*, eine Art Kiosk, bot Gelegenheit für eine frühe Mahlzeit. Oft erlagen Urug und ich der Versuchung und kauften uns eine Portion *rudjak*, unreife Früchte in einer scharfen Soße, die wir hastig aus den gefalteten Blättern schlürften. Dann fuhr der Zug ein: eine kleine Berglokomotive, die eine Reihe fensterloser Waggons hinter sich herzog. In den Waggons waren der Länge nach Holzbänke aufgestellt. Obwohl Urug und ich in der zweiten Klasse reisen durften, zogen wir die überfüllten Waggons vor, wo wir oft eine Frucht oder eine Handvoll *katjang* geschenkt bekamen und wo immer etwas zu sehen oder zu hören war.

Auf der Strecke durch das Bergland von Preanger kenne ich jeden Stein, jeden Telegrafenmast, jede Brücke. Mit geschlossenen Augen könnte ich die Landschaft vor den Fenstern an beiden Seiten zeichnen: die abfallenden Terrassen der Reisfelder, die dichtbewachsenen, kegelförmigen Hügel vor dem Hintergrund der blauen Bergketten, die Erntehäuschen auf den Feldern, die Desa-Hütten in den Bambuswäldchen und ab und zu ein kleines, weißgekalktes Bahnhofsgebäude, vor dem Scharen von Marktkrämern mit ihren Waren warteten. Wenn wir Sukabumi erreichten, schien die Sonne schon kräftig und teilte die Welt in grelles Licht und kühlen Schatten. Wir gingen noch ein Stück zusammen in die Stadt – denn für unsere Begriffe war Sukabumi eine Stadt –, dann trennten sich unsere Wege; Urug ging in seine Schule, ich in die meine. Der Lehrstoff, den wir bewältigen mußten, unterschied sich kaum, nur hatte Urug noch Niederländisch als besonderes Fach. Die Stunden, die wir in den Klassenzimmern verbrachten, müssen sehr ähnlich gewesen sein. Bei ihm wie bei mir der niemals enden wollende Lärm von Kinderstimmen, die im Chor ihre Aufgaben aufsagen, und dazu die begleitenden Geräusche von scharrenden Füßen, kratzenden Griffeln und Federn, während draußen im Wind die Bäume rauschten und die heiße Luft über dem Asphalt der Straße flimmerte.

Um ein Uhr trafen wir uns an der verabredeten Stelle. Wenn ich angerannt kam, sah ich Urug meist im Schatten eines Baumes stehen, barfüßig, aber meiner Meinung nach hübsch anzusehen in seiner Samthose mit Pfadfindergürtel, auf dem Kopf das schwarze Topi, das Käppchen der mohammedanischen Jungen. Oft kauften wir für ein paar Cent grellfarbige Eiscreme an dünnen Stöckchen, die wir langsam schleckten, oder wir verzehrten im Zug eine außerordentlich klebrige Süßigkeit, eine Art Pudding mit Kokosgeschmack. Zu dieser Tageszeit war es besonders heiß, auch im höhergelegenen Gebiet von Kebon Djati. Wenn wir zu Hause ankamen, galt es als erstes, uns zu erfrischen: Ich lief ins Badezimmer und Urug zum Brunnen hinter den Nebengebäuden. Obwohl wir uns in den Nachmittagsstunden noch oft bei unseren alten Spielen im Garten oder am Fluß vergnügten, fanden wir zunehmend Gefallen an anderen Dingen. Wir sammelten Briefmarken, Zigarrenbinden und Bildchen von Autos und Flugzeugen. Urug interessierte sich besonders für letztere. Er konnte das Dröhnen und Pfeifen eines landenden Fliegers täuschend echt nachahmen. Mit steif ausgestreckten Armen lief er im Kreis herum, sprang hoch, duckte sich, kroch herum und ließ sich schließlich unter Tönen, die eine Katastrophe andeuten sollten, auf den Boden fallen. Ich brachte so etwas nie so recht fertig. Eine gewisse Verlegenheit, vielleicht auch Scham oder die Unfähigkeit, mich ganz im Spiel zu verlieren, hinderte mich daran, mich mit Schreien und Gesten auszutoben, wie Urug es tat. Zu jener Zeit entdeckte ich auch das Vergnügen des Lesens, eine Beschäftigung, die Urug nur mäßig fesselte, außer wenn das Buch Bilder enthielt. Im Zeichnen übertraf er mich. Er hegte eine Vorliebe für die symmetrischen Figuren der Schulaufgaben, kunstvoll in- und umeinander verschlungene Kreise und Dreiecke, die er mit kräftigen Farben ausmalte. Da Urugs Gegenwart für mich selbstverständlich war, machte ich mir damals noch keine Gedanken über die merkwürdige Stellung, die Urug bei uns einnahm, ein Mittelding zwischen Hausgenosse und Untergebener. Er aß und schlief bei den Dienstboten, verbrachte aber den größten Teil des Tages mit mir. Meine Mutter ließ uns ruhig gewähren – erst viel später begriff ich, daß die Freundschaft zwischen mir und Urug ihr eine gewisse Freiheit erlaubte. Sie lebte jetzt nicht mehr so zurückgezogen wie früher und hatte sich ein Reitpferd gekauft, auf dem sie – oft in Begleitung von Herrn Bollinger – Ausflüge in die Teeplantagen unternahm. Mein Vater war sehr beschäftigt und oft auf Reisen.

An freien Tagen besuchte Urug seine Mutter. Meist schloß ich mich an. Sidris wohnte jetzt mit ihren Kindern in einer kleinen Desa-Hütte, die verglichen mit dem alten Haus am Fluß unglaublich verwahrlost und schmutzig aussah. Urugs Großvater war gestorben; mit ihm waren auch die Schaukelstühle verschwunden. Nur der japanische Perlenvorhang erinnerte noch an den früheren Wohlstand.

Wenn wir eintraten, umringten uns die Kinder in schmuddeligen, zerrissenen Kleidern und sahen uns voll Respekt und Bewunderung an, waren aber viel zu scheu, um Fragen zu stellen. Doch Urug brauchte keine besondere Ermutigung. Im Kreis der Verwandten und anderen aus dem Desa herbeigelaufenen neugierigen Zuhörern erzählte er von der Eisenbahn, von Sukabumi und vom Unterricht in der Schule. Sidris, deren Gesicht und Gestalt immer deutlichere Spuren des Verwelkens zeigten, lauschte mit Wohlgefallen ihrem Sohn. Manchmal unterbrach sie ihn durch kurze Ausrufe oder mit einem Zungenschnalzen, dessen zahlreiche Varianten die unterschiedlichsten Gefühle ausdrücken konnten. Urugs Cousine Satih, die nach wie vor bei Sidris wohnte, nutzte die Zeit, während Urug erzählte, indem sie eines der kleineren Kinder zwischen ihre Knie klemmte und entlauste. Satih war ein hübsches Mädchen von etwa sechzehn Jahren, nur ein bißchen zu mollig in ihrer verschlissenen *kabaja*, einer kurzen Frauenjacke. Unter diesen Menschen hatte ich nie das Gefühl, ein Außenseiter zu sein, im Gegenteil. Sogar in der verkommenen Desa-Hütte oder auf dem schlammigen Hof fühlte ich mich mehr zu Hause als in den geräumigen halbdunklen Zimmern unseres Hauses. Wenn ich nach dem Besuch mit Urug den steinigen Weg zur Plantage hinabstieg, war mir, als hätte ich mich von meiner eigenen Familie verabschiedet. Nie kam es mir in den Sinn, an unserer Ebenbürtigkeit und an der Gleichheit unserer Rechte zu zweifeln, was Urug und mich betraf. Dagegen war ich mir – wenn auch vielleicht nur unterschwellig – durchaus der Unterschiede in Rasse und Rang bewußt, wenn es sich um den Hausdiener, die Babu oder Danuh, den Gärtner, handelte. Urugs Dasein war so sehr mit dem meinen verflochten, daß ich mich ihm niemals überlegen fühlte. Um so mehr staunte ich, als ich zum erstenmal bemerkte, daß Urugs Verhältnis zu mir und meinen Eltern bei unseren Dienern Spott und Ärger hervorrief. Das äußerte sich anfangs in Kleinigkeiten: in spöttischen Bemerkungen über «Herrn» Urug, in Getuschel und Kichern hinter seinem Rücken, in einzelnen Worten oder Gesten, doch allmählich wurde aus der Kritik eine mehr oder minder offene Sabotage bei der Ausführung von Aufträgen. Ich wußte jetzt, daß mein Vater Urugs Schulkosten bezahlte, was ich angesichts Deppohs Tod für selbstverständlich hielt. Wie Urug darüber dachte, blieb mir verborgen. Er verhielt sich immer gleich und ging sowohl bei uns als auch in den Nebengebäuden ohne jede Spur von Befangenheit ein und aus. Ich weiß nicht, wie einsam meine Kindheit gewesen wäre, hätte es Urug nicht gegeben.

Wahrscheinlich hätte mich in diesem Fall auch die Scheidung meiner Eltern viel härter getroffen. Weil meine Mutter mich seit den ersten Lebensjahren fast ausschließlich der Babu, Sidris und ihren Angehörigen und später Urug überließ, war sie für mich nicht viel mehr als eine Fremde. Auf die Jahre der Zurückgezogenheit und Kopfschmerzanfälle folgte nach dem unseligen Abend am Telaga Hideung eine Periode der Ruhelosigkeit und fieberhaften Aktivität. Sie ritt aus, unternahm Wanderungen und fuhr zum Einkaufen nach Sukabumi. Tagelang ließ die alte *djait*, unsere Hausschneiderin, die Nadel der Nähmaschine auf den neuen Stoffen tanzen, während meine Mutter nervös durchs Haus irrte und sich nur ab und zu in einen Sessel fallen ließ, um Briefe zu zerreißen oder eine Patience zu legen. Manchmal hatten wir Logiergäste, aber gewöhnlich war es Herr Bollinger, der Mutter nachmittags oder abends beim Tee oder bei Ausflügen in den Plantagen Gesellschaft leistete. Allmählich merkte sogar ich, wie sich die ohnehin nicht besonders innige Beziehung zwischen meinen Eltern abkühlte. Wenn ich abends im Bett lag, hörte ich oft Türenschlagen und laute Stimmen. Einmal traf ich Mutter schluchzend im Garten an, in den sie angeblich gegangen war, um die Tauben zu füttern. Bald darauf fuhr Herr Bollinger nach Europa. Erst viel später erkannte ich die Zusammenhänge zwischen all diesen Dingen, die mich damals nur verwirrten und wenig interessierten.

Als Vater mir schließlich mitteilte, daß meine Mutter für unbestimmte Zeit verreisen werde, nahm ich diese Tatsache, so unbegreiflich sie mir auch vorkam, dennoch einfach hin als eines jener Dinge, mit denen sich ein Kind offenbar abfinden muß. Nur Urug amüsierte sich heimlich, als ich mit ihm darüber sprach, und machte eine Bemerkung, die ich nicht verstand. Hinterher wurde mir klar, daß die Diener keineswegs blind waren und daß Urug, der ihre Gespräche aufgeschnappt hatte, sehr wohl wußte, was sich in unserem Haus abspielte. Mit mir sprach er niemals darüber, auch später nicht, als wir älter waren und uns mehr als einmal über ähnliche Themen unterhielten. Das einzige, was ich gelegentlich bei ihm wahrnahm, war seine spöttische oder abschätzige Miene, wenn Mutters Name genannt wurde.

Die Abreise meiner Mutter ging mit hektischer Nervosität einher. Die innere Veranda stand voll Koffer und Kisten, in die ein großer Teil des Hausrates und der Leinenwäsche verpackt wurde. Mein Vater blieb in jenen Tagen unsichtbar. Schließlich fuhr eines Morgens das Auto vor, gefolgt von einem Lastwagen der Fabrik, auf den das Gepäck geladen wurde. Die Tränen und Umarmungen meiner Mutter, die sonst mit Zärtlichkeitsbeweisen nicht gerade freigebig gewesen war, erschütterten mich so sehr, daß ich ebenfalls verzweifelt weinte, als das Auto abfuhr.

Im Hinblick auf den Abschied hatte ich an diesem Tag schulfrei. Urug war wie immer nach Sukabumi gefahren. Ich ging durch das leere Haus, das jetzt, da viele Gemälde, Vasen und Tischdecken fehlten, einen noch frostigeren

Eindruck machte als sonst. Auf der inneren Veranda standen die Stühle noch so da, wie man sie vor dem Heraustragen der Kisten zur Seite geschoben hatte. Stroh und Holzwolle lagen auf dem Boden verstreut. Während ich noch dort stand, kam Vater nach Hause, der sich für die Dauer des Abschieds in die Fabrik verzogen hatte. Er setzte sich auf einen Stuhl, seufzte und wischte sich den Schweiß von Gesicht und Hals. Zum erstenmal in meinem Leben sah ich etwas anderes in ihm als das Oberhaupt der Familie, den gestrengen Richter, den absoluten Herrscher über mein kindliches Dasein. Ich sah, daß sein Haar am Scheitel schütter wurde, daß er Sorgen hatte und müde war. Ich ging zu ihm hin.

«So», sagte Vater gleichmütig, «bist du da? Eine ganz schöne Veränderung, nicht wahr? Sag dem Jungen, er soll den Mist hier wegfegen.» Zerstreut schlug er mir auf die Schulter. «Geh nur spielen, du», fuhr er fort, und als ich zögerte, fügte er hinzu: «Ich würde dich heute nachmittag auf die Plantage mitnehmen, aber es kommt jemand zu mir in die Fabrik.»

«Wenn Urug kommt, gehen wir angeln», sagte ich hastig, um ihn zu beruhigen. Vater runzelte kurz die Brauen und seufzte abermals.

«Gut», sagte er dann, stand auf und ging ins Schlafzimmer. «Gut. Spiel du nur mit deinem Urug.» Damit begann ein neuer Lebensabschnitt. Ich ging damals in die vierte Klasse der Grundschule.

Zu den großen Ereignissen dieser Zeit gehörte für uns die Ankunft von Gerard Stokman, der die Stellung von Herrn Bollinger antrat. Er war ein ungewöhnlich hochgewachsener, hagerer junger Mann mit einem Gesicht, das wie aus hellbraunem, glänzendem Holz geschnitten schien. Bei seinem Antrittsbesuch auf der Plantage trug er einen Khakianzug mit kurzer Hose. Die knochigen, behaarten Beine steckten in Turnschuhen. Sein Gepäck bestand, außer ein paar Koffern, hauptsächlich aus Jagdgeräten: Gewehren, Büchsen, Waidmessern, mit Eisen beschlagenen Stöcken, Fischnetzen und Angelruten, fleckigen, abgenutzten Waidsäcken, einem Zelt und in Segeltuchtaschen verpacktem Campingzubehör. Aus den Kisten, die ein Lastwagen hergebracht hatte, kamen ausgestopfte Tiere und präparierte Felle zum Vorschein. Es verstand sich von selbst, daß Urug und ich beim Abladen der faszinierenden Gegenstände atemlos zusahen. Gerard Stokman wohnte in einem kleinen Pavillon nicht weit entfernt vom Verwaltungsgebäude. Als seine Besitztümer im Haus waren, schickte er die Kulis fort und begann auszupacken. Daß Urug und ich dabei zugegen waren, hielt er offenbar für die selbstverständlichste Sache der Welt. Er bat uns, beim Einräumen und Aufstellen seiner Habseligkeiten zu helfen, und fragte uns um Rat, wie er seine Sammlung von Dajakwaffen an die Wand hängen sollte. Die scharfen Kanten und spitzen Widerhaken der Waffen beflügelten Urugs Phantasie. Mit einem Speer in der Hand beschlich er in allen Ecken des Pavillons eingebildete Feinde, wobei er abwechselnd die Rolle des Angreifers und die des Verteidigers übernahm. Ich hockte auf den Fersen und sah mir die ausgestopften Tiere mit ihren Glasaugen und rotlackierten, aufgesperrten Mäulern an. Da gab es einen Affen, einen kleinen Panther, ein Flughörnchen, einen Alligator, Vögel, Eidechsen und einen Glasbehälter voll präparierter Schlangen. In den mit Pergament zugebundenen Marmeladengläsern schwammen in einer gelben Flüssigkeit nicht näher definierbare Körperteile von Tieren, Hautfetzen und dergleichen mehr. Der Besitzer von all den Herrlichkeiten stand auf einem Stuhl und nagelte das Fell eines Ameisenbären an die Wand. Auf unsere Fragen gab er unermüdlich Antwort und erzählte unaufgefordert von sich. Er war der Sohn eines Offiziers aus Bandung und hatte sein Herz an Java, die Jagd und das freie Leben auf dem Lande gehängt. Mit seinen Eltern, die seine Berufswahl nicht billigten, hatte er sich überworfen. Er selbst betrachtete die Angelegenheit recht gelassen.

«Entweder sie finden sich damit ab oder nicht», sagte er, «aber das ist ein anderes Kapitel. Ich brauche Platz um mich herum. Ein Büro oder eine Kaserne sind nichts für mich, und nach Holland will ich schon gar nicht. Ich war ein paarmal dort mit meinem Vater auf Urlaub, und das reicht mir. Das hier ist eine wunderbare Gegend. Wißt ihr, wie viele Wildschweine es dort oben gibt? Am Samstag gehe ich in die Berge, wenn sich die Gelegenheit dazu findet.»

Gelegenheiten gab es genug. Kein Wochenende verstrich, an dem wir Gerard (denn sehr bald nannten wir ihn so) nicht mit Gewehr und Buschmesser, gefolgt von einem Kuli mit Zelt und Proviant, den Weg einschlagen sahen, der durch die Teeplantagen in den Bergwald hinaufführte. Urug und ich erlebten diese Expeditionen förmlich mit. Meist saßen wir abends in Gerards Pavillon und lauschten seinen Geschichten, während er, auf seiner Pfeife kauend, das Gewehr reinigte und zusammensetzte oder seine Jagdtrophäen präparierte. Der Kopf eines Wildschweines wurde im Garten begraben und zur Säuberung den Ameisen überlassen. Urug und ich stellten Mutmaßungen an, wie lange der Prozeß dauern werde. Schon nach ein paar Wochen wollten wir den Kopf ausgraben und nachschauen, wie er aussah. Doch Gerard riet uns dringend, noch einen Monat zu warten, und tatsächlich kam nach Ablauf dieser Frist der Schädel nahezu sauber (wenn auch nicht gerade wohlriechend) aus der Erde zum Vorschein. Er wurde gründlich gereinigt und mit farblosem Lack bestrichen. Danach bekamen Urug und ich ihn geschenkt. Er war unser kostbarster Besitz, den wir abwechselnd neben unserem Bett stehen hatten. Hin und wieder nahmen wir ihn in die

Schule mit, um vor unseren Klassenkameraden damit anzugeben.

Doch was war das alles verglichen mit der Glorie, die uns umgab, als Gerard sich entschloß, uns auf einen Wochenendausflug mitzunehmen? Mit einem Buschmesser im Gürtel und einer verschnürten Decke auf dem Rücken kletterten wir hinter unserem Führer auf steilen, steinigen Wegen in den Urwald hinauf. Die gewaltigen Baumkronen, die sich über unseren Köpfen zu einem grünen Dach verflochten, ließen nur wenig Tageslicht durch, so daß wir uns wie in der grünen Dämmerung eines Aquariums fortbewegten. Unter dem Blätterdach hing der scharfe Geruch feuchter Blätter und anderer Pflanzenteile, die allmählich zu schwarzer Erde verrotteten. Eiskaltes, klares Wasser plätscherte zwischen den Büschen in handbreiten Rinnsalen, die in ein Bachbett voll rundgeschliffener grauer Steine mündeten. Stets hörte man irgendwo in der Ferne einen Wasserfall, die Luft war mit Dampf gesättigt. Die Stille unter der riesigen grünen Kuppel hatte etwas Drohendes, so daß Urug und ich anfangs nur leise zu sprechen wagten. Außer den schattigen Tiefen der dichtbewachsenen Schluchten und den vom Blitz gespaltenen und verkohlten Stämmen gab es noch vieles, das uns Angst einjagte, doch die hagere Gestalt von Gerard, der vor uns ging, flößte uns grenzenloses Vertrauen ein.

Auf dem Sattel zwischen zwei Bergspitzen hatte er eine alte Bude entdeckt und sie zur Jagdhütte ernannt. Die Behausung verdankte ihr abenteuerliches Aussehen Gerards Reparaturen. Blechdeckel von Kuchendosen, Holzreste in den unterschiedlichsten Farben und Formen sowie einfaches Flechtwerk aus abgeschnittenen Luftwurzeln verstopften die Löcher in Dach und Wänden. Eine Wand, die einzustürzen drohte, wurde von sorgfältig aufgestapelten Steinen gestützt. Das Innere der Hütte bestand aus zwei eingebauten Schlafkojen, von Gerard «Kaninchenställe» genannt, einem wackeligen Tisch und in Stücke gesägten Baumstämmen, die als Sitzplätze dienten. Als Schrankersatz diente eine Reihe von Nägeln in der stabilsten Wand, an die wir die Trinkbecher, Kleidungsstücke und Waffen aufhängten. Gerard zog unter einer Koje einen ziemlich mitgenommenen Holzkohlengrill hervor, den er auf einer schwarzversengten Stelle unter dem Vordach der Hütte aufstellte. Eine Pfanne und eine leere Margarinebüchse waren unser Kochgeschirr. Ali, der Kuli, der Gerard immer begleitete, sammelte trockenes Holz, während Urug und ich aus dem Bach hinter der Hütte Wasser holten. Mit Hilfe eines künstlichen Wasserfalls und eines ausgehöhlten Bambusstamms bastelte Gerard eine Wasserleitung, die sich bei den verschiedenen Haushaltsarbeiten als überaus nützlich erwies. Das Bild, wie wir vor der Hütte unsere Mahlzeiten einnahmen, ist für mich untrennbar mit dem bitteren Rauchgeruch des brennenden Holzes verbunden: Gerard, der auf einem Holzklotz sitzt und den Inhalt einer Büchse Cornedbeef durch den Reis rührt; Ali, der auf den Fersen hockt und die Arme über die weitgespreizten Knie hängen läßt; Urug und ich, vor Aufregung und Hunger kaum noch imstande still zu sitzen; und vor uns, am kahlen, steinigen Abhang des Bergsattels entlang und über den Baumwipfeln des darunter liegenden Urwaldes weithin sichtbar, das abfallende Bergland in allen Schattierungen von Blau, Grün und Grau mit den scharfumrissenen Schatten der Schluchten und Spalten, und dann, noch weiter unten, am Horizont von Hitzedunst verhüllt, die Ebene, auf der die dahintreibenden Wolken ausgedehnte Schatten zeichnen. Nachmittags kontrollierte Gerard den Hochsitz, den er über dichtem Unterholz in den Bäumen gebaut hatte, um das Wild zu beobachten. Er zeigte uns eine Plattform aus Bambus zwischen zwei dicken Ästen.

«Dort oben werden wir heute nacht auf die Schweine warten. Wenn wir hoch über der Erde sitzen, können sie uns nicht riechen.»

Gegen Abend wurde es bitter kalt. Gerard, der an alles gedacht hatte, zog aus seinem Bündel dicke Wollpullover hervor, in denen Urug und ich fast ganz verschwanden. Von allen Seiten krochen Nebel aus den Schluchten zu uns herauf, als wollten sie uns vom Tiefland trennen. Wir waren die durch Mark und Bein dringende Kälte nicht gewohnt und klapperten mit den Zähnen, doch Gerard hielt uns zur Arbeit an und schickte uns mit Ali in den Wald, um den Holzvorrat aufzustocken.

Nach dem Einbruch der Dunkelheit saßen wir noch eine Weile um das Feuer, das Gerard vor der Hütte angezündet hatte, und redeten auf sudanesisch, was sich durch die Gegenwart von Urug und Ali von selbst ergab. Bei der Gelegenheit stellte sich heraus, daß der sonst so schweigsame Kuli, der sich so unauffällig verhielt, daß er wie ein Teil der Umgebung wirkte, daß dieser Mann ein geborener Geschichtenerzähler war.

«Hört ihm gut zu», sagte Gerard mit dem Stolz eines Impresarios. «Er kennt Dutzende von Geschichten.»

Ali ließ sich nicht lange bitten. Er rückte näher zum Feuer und zog die gestreifte Decke um seine Schultern. Dabei bewegte er sich so feierlich, als handele es sich um eine Zeremonie. Er sprach leise und ohne die Schwankungen in Lautstärke und Tonfall, die man im allgemeinen mit dem Begriff eines guten Erzählers verbindet. Aber noch nie hat mich eine Art des Erzählens so gefesselt wie damals die von Ali. Seine Stimme war wie die nächtliche Stille um uns, das Rauschen der Wasserfälle im Wald, das Säuseln des Windes in den Baumkronen. Ohne die geringste Mühe konnten wir uns in die Schattenwelt der Tierfabeln, in die Mythen von Halbgöttern und Wunderwesen hineinversetzen. Urug kannte einige der Geschichten. Hin und wieder unterbrach er Ali, nannte voreilig einen Namen oder griff einem Ereignis voraus. Dem Kuli gefiel das nicht. Bei einer solchen Unterbrechung verstummte er für ein paar Augenblicke und spuckte ins Feuer. Nach einer erwartungsvollen Stille, in der ich Urug heimlich anstieß und ihm bedeutete, den Mund zu halten, setzte der Erzähler die Geschichte fort.

Wir legten uns früh zur Ruhe, insofern von Ruhe die Rede sein konnte auf den harten Brettern der Kojen, die jeweils vier Schläfern Platz boten. In unsere Decken gewikkelt lauschten wir den nächtlichen Geräuschen. Das Plätschern der *pantjoran*, der Badestelle hinter der Hütte, und das Rauschen des Windes in den Bäumen lullten uns in eine Art Halbschlaf, der nur wenige Sekunden gedauert zu haben schien, als Gerard das Zeichen zum Aufstehen gab. Es war zwischen drei und vier Uhr. Urug und ich waren im Handumdrehen fertig und viel zu aufgeregt, um Müdigkeit zu spüren. Im Schein von Gerards Taschenlampe schwankten unsere Schatten wild und gespenstisch über die Wände der Hütte. Er schärfte uns ein, leise aufzutreten und den Mund zu halten, sobald wir den Wald erreicht hatten. Dann machten wir uns auf den Weg. Gerard ging voran, Ali schloß die Reihe. In der unheilschwangeren Finsternis des Urwaldes vergaßen Urug und ich sofort alle kühnen Vorhaben, die wir vor dem Ausflug zu Hause ersonnen hatten. Wir dachten nicht mehr daran, wie wir es vorgehabt hatten, mit dem blanken Buschmesser in der Hand durch den Wald zu schleichen, um Panther und Wildschweine anzugreifen. Unser Wagemut kehrte erst teilweise zurück, als wir hoch und sicher auf der Plattform zwischen den Ästen saßen. Im Urwald raschelte es unaufhörlich, doch Ali, der die Taschenlampe verwahrte, mahnte uns zur Geduld. Hin und wieder ließ er einen Lichtstrahl in das Dunkel fallen, und dann sahen wir ein oder zwei, manchmal auch eine ganze

Rotte Wildschweine auf den Lichtungen unter den Bäumen. Das Echo von Gewehrschüssen hallte im Wald, im Unterholz hörte man überall Knacken und das rasche Getrappel der flüchtenden Tiere.

Gerard war in jener Zeit – und blieb es noch lange – unser Führer und Vorbild, unser unangefochtener Meister, unser Ratgeber bei allen Problemen, die uns beschäftigten. Unter seinen Kollegen galt er als Eigenbrötler, denn er machte sich nichts aus Trinken und Bridgespielen und hielt nichts von den wöchentlichen Ausflügen zum niederländischen Club in Sukabumi. Er gehörte zu jenen Menschen, die sich auch in völliger Einsamkeit ausgezeichnet unterhalten. Nie trafen wir ihn ohne Beschäftigung an, wenn wir ihn abends besuchten. Er konnte uns gut leiden und betrachtete uns als Hausgenossen, vor denen er keine Geheimnisse hatte. Wir sprachen abwechselnd holländisch und sundanesisch, wie es sich gerade ergab. Urug verstand gut Niederländisch und konnte es auch lesen, aber eine gewisse Schüchternheit hielt ihn davon ab, sich in dieser Sprache auszudrücken. Wenn wir ihn dazu ermutigten, schnitt er verlegene Grimassen und murmelte ablehnend. Von den Gesprächen, die Gerard und ich auf niederländisch führten, entging ihm jedoch kein Wort.

Mit meinem Vater hatte ich womöglich noch weniger Kontakt als zuvor. Er arbeitete lange in der Fabrik und kam erst am späten Nachmittag nach Hause. Meist sah ich ihn nur bei Tisch. Er aß rasch, meistens ohne ein Wort zu reden. Seine Gedanken waren anderswo, bei seiner Arbeit oder bei Dingen, von denen ich keine Ahnung hatte. Ich wußte nicht, was er tat und was in ihm vorging. Er war magerer geworden, sein Gesicht war wettergebräunt. Die kahlen Stellen an Stirn und Scheitel hatten sich vergrößert. Von den Nasenflügeln zu Mundwinkeln und Kinn verliefen tiefe Falten, die ihm ein strenges, aber zugleich auch mitleiderregendes Aussehen verliehen. Ich wußte, daß er im Betrieb als ein pflichtbesessener, übertrieben gewissenhafter Mann galt, der keine Nachsicht kannte bei Fehlern oder Versäumnissen, weder bei sich noch bei seinen Untergebenen. Seine einstige, fast jungenhafte Fröhlichkeit, das Lachen und die Scherze mit den Angestellten oder Gästen gehörten für immer der Vergangenheit an. Gäste hatten wir übrigens so gut wie nie mehr, und zwischen meinem Vater und den Angestellten hatte sich seit der Affäre mit Herrn Bollinger eine tiefe Kluft aufgetan. Nach dem Abendessen saß Vater meistens auf der inneren Veranda, deren karge, nur auf das Notwendigste beschränkte Einrichtung ebenso unpersönlich wirkte wie die eines Hotelzimmers. Er rauchte oder las einen der Detektiv- oder Wildwestromane mit den schmuddeligen, grellfarbenen Umschlägen, die sein Vorgänger sozusagen als Erbschaft für einsame Abende hinterlassen hatte. Manchmal legte Vater eine Grammophonplatte auf – schon damals empfand ich dunkel, daß es auf der Welt nichts Trübseligeres gibt als Marschmusik und Operettenwalzer in der frostigen Atmosphäre eines Hauses, das kein Zuhause ist.

Wenn Urug und ich uns nicht im Pavillon bei Gerard aufhielten, saßen wir mit unseren Rechenaufgaben und Schreibarbeiten am Tisch auf der hinteren Veranda. Ab und zu kam es vor, daß Vater neben uns stehenblieb, unsere Hefte in die Hand nahm und durchblätterte und sich nach unseren Fortschritten erkundigte. Die Zeugnisse, die Urug und ich vierteljährlich nach Hause brachten, studierte er eingehend, bevor er sie unterschrieb, doch da wir niemals ein Ungenügend hatten, fehlte ihm der Anlaß zu Ermahnungen. Urug hatte eine besonders schöne Schrift, tadellos in Form und Proportionen, wie eine Schreibvorlage. Deshalb fragte Vater ihn einmal, ob er schon über seine Zukunft nachgedacht habe.

«Du könntest Büroangestellter werden», fügte er nachdenklich hinzu und blätterte das Heft nochmals durch. Urug blickte ihn lächelnd mit halbgeschlossenen Augen von der Seite her an, wie er es öfter tat, wenn er um eine Antwort verlegen war.

«Urug und ich wollen Lokomotivführer werden, oder Pilot», sagte ich rasch. «Aber am liebsten Forscher und Entdeckungsreisende. Das haben wir so abgesprochen.» Vater legte das Schulheft auf den Tisch zurück und zuckte kaum merklich die Achseln. Wohl nicht zum ersten Mal hatte er erkannt, daß man mit uns nicht wie mit Erwachsenen reden konnte. Das Talent, mit Kindern umzugehen, war meinem Vater nun einmal nicht gegeben. So lebten wir nebeneinanderher wie Wesen, die verschiedene Sprachen sprechen.

Dennoch weiß ich, daß Vater sich über meine Erziehung Gedanken machte. Ein paar Tage vor meinem elften Geburtstag trat er in mein Schlafzimmer, als ich gerade zu Bett gehen wollte. Er sah mir zu, wie ich meine Kleider über einen Stuhl hängte und die Zähne putzte. Ich erinnerte mich an einen ähnlichen Besuch meiner Mutter, als sie mir vor Jahren mitgeteilt hatte, daß ich zur Schule gehen müsse.

«Du darfst eine Wunschliste schreiben», fing Vater an. Ich nickte. Ich hatte vor, um Gewehre für Urug und mich zu bitten, mit denen wir auf Jagd gehen wollten, bezweifelte aber stark, daß Vater die Notwendigkeit eines solchen Geschenks einsehen werde.

«In ein paar Monaten nehme ich einen längeren Urlaub», fuhr Vater fort. «Ich möchte gern reisen, etwas von der Welt sehen, solange ich es mir noch erlauben kann. Du verstehst, daß ich dich nicht mitnehmen kann. Ich habe daran gedacht, dich für diese Zeit nach Holland zu schicken, auf ein Internat oder dergleichen. Am Ende des Schuljahres machst du ohnehin die Aufnahmeprüfung für die Mittelschule. Und dieses Leben hier...» Mit einer Armbewegung zeigte er in die Runde. «Du versäumst hier viel zuviel. Du wirst allmählich ein richtiger Indonesier, und das gefällt mir nicht.» Brüsk drehte ich mich vom Waschtisch um.

«Ich will nicht nach Holland», stieß ich aus. Gerards Geschichten fuhren mir durch den Kopf: Regen und Kälte, dumpfige Zimmer, langweilige Straßen und Städte.

«Ich will hierbleiben», sagte ich nochmals, «und Urug...» Vater unterbrach mich mit einer ungeduldigen Geste.

«Urug, Urug», sagte er, «immer dieser Urug. Du wirst bald ohne Urug auskommen müssen. Diese Freundschaft dauert mir ohnehin zu lange. Hast du keinen Umgang mit Jungen aus deiner Klasse? Lade ein paar von ihnen zu deinem Geburtstag ein. Sie können mit dem Auto geholt und nach Hause gebracht werden. Ich kann ja verstehen, daß du an Urug hängst», fügte er hinzu, als er mein Gesicht sah. «Das war unvermeidlich. Ich mußte etwas für den Jungen tun. Aber Urug muß arbeiten, wenn er die Schule verläßt, und du wirst studieren. Außerdem...» Er zögerte kurz, bevor er weitersprach: «Du mußt das verstehen, Junge. Du bist ein Europäer.»

Ich dachte darüber nach, aber die Bedeutung der Tatsache, daß ich ein Europäer war, wollte mir nicht in den Kopf. Auf Drängen meines Vaters lud ich zwei Klassenkameraden ein, den Sonntag nach meinem Geburtstag bei uns auf der Plantage zu verbringen. Die Gewehre hatte ich nicht bekommen, dafür ein Briefmarkenalbum und einen Malkasten, den ich bald darauf heimlich an Urug weitergab. Gerard schenkte mir das präparierte Fell eines Flughörnchens, das ich an die Wand hängen konnte. Außerdem schmückte er die hintere Veranda mit Lampions und farbigen Girlanden, die der etwas gezwungenen Stimmung der Geburtstagsfeier eine festlichere Note geben sollten. Mit den beiden fremden Jungen unterhielt ich auch in der Schule nur einen flüchtigen Kontakt, der hauptsächlich aus Geschicklichkeitswettkämpfen und gegenseitigen Aufschneidereien in den Pausen bestand. Sie besahen sich mein Zimmer und meine Besitztümer und aßen mit Vater und mir eine Reistafel, die zur Feier des Tages etwas üppiger ausgefallen war. Ich war verdrossen und enttäuscht, weil Urug nicht zu der Mahlzeit eingeladen war, obwohl ich ihm versprochen hatte, daß er selbstverständlich auch dabeisein werde. Urug schien sich nichts daraus zu machen. Als wir bei Tisch saßen, sah ich, daß er uns vom Garten aus beobachtete. Nach dem Essen ging Vater mit mir und meinen Gästen in die Fabrik und erklärte, was es dort zu sehen gab.

Für den Rest des Nachmittags wurden wir in den Garten geschickt, wo Urug sich uns anschloß. Im Laufe der gemeinsamen Spiele fiel mir zum ersten Mal in meinem Leben auf, daß Urug in den Augen der anderen nur ein «Eingeborener» war – nicht etwa ein Indonesier der Oberklasse wie Harsono Kusuma Sudjana, ein Klassenkamerad, dessen Vater Regent war, sondern ein Desa-Junge, der Sohn eines Plantagenaufsehers. Das zeigte sich in dem deutlich spürbaren Kommandoton, den meine Gäste Urug gegenüber anschlugen, und im gebieterischen «Ajo!», mit dem sie ihn beim Spiel zur Eile antrieben. Doch was mir vor Ärger die Röte ins Gesicht trieb, schien Urug nicht weiter zu kümmern. Nur einmal sah er sie mit dem ihm eigenen, wie nach innen gekehrten Blick von der Seite her an, und seine Gesichtszüge und Schultern spannten sich kaum merklich, als einer der Kameraden, vermutlich mehr aus Übermut als aus wirklich böser Absicht, Urug gegenüber ein häßliches sundanesisches Schimpfwort fallenließ.

Nach diesem Zwischenfall zog Urug sich allmählich zurück. Für den Rest des Nachmittags begnügte er sich damit, auf der Balustrade der hinteren Veranda zu sitzen und uns von dort aus zu beobachten. Abends, als ich meine Gäste nach Hause begleitet hatte und aus der Stadt zurückkam, fand ich ihn nirgends. Es war das erste Mal, daß ich nicht wußte, wo er war und was er tat. Ich ging zu Gerard hinüber, der, die langen Beine auf den Tisch gelegt, auf der vorderen Veranda seines Pavillons saß und rauchte. Ich setzte mich auf einen Stuhl. Es verging eine Weile, in der keiner von uns ein Wort sagte. Gerard besaß in hohem Maße den Takt, abwartend zu schweigen, wenn er auf eine vertrauliche Mitteilung gefaßt war. Schließlich rückte ich mit dem Problem heraus, das mich quälte.

«Ist Urug minderwertiger als wir?» stieß ich hervor. «Ist er anders?»

«Bist du bekloppt?» fragte Gerard ruhig, ohne die Pfeife aus dem Mund zu nehmen. «Wer sagt das?»

Stockend schilderte ich ihm, was ich an diesem Nachmittag beobachtet hatte.

«Ein Panther ist anders als ein Affe», sagte Gerard nach einer Pause. «Aber ist deswegen einer der beiden minderwertiger als der andere? Du wirst sagen, das ist eine blödsinnige Frage, und du hast recht. Genauso blödsinnig ist sie, wenn es um Menschen geht. Anders sein – das ist nichts Außergewöhnliches. Jeder ist anders als die anderen. Ich bin auch anders als du. Aber den höheren oder minderen Wert eines Menschen von seiner Gesichtsfarbe oder vom Beruf seines Vaters abhängig zu machen, das ist Unsinn. Urug ist doch dein Freund? Und wenn das so ist, wenn er dein Freund sein kann – wie könnte er dann minderwertiger sein als du oder irgend jemand sonst?»

Als ich im Dunkeln nach Hause ging, hörte ich Urugs Stimme hinter den Dienerkammern. Der Hausbursche, der Gärtner und Urug saßen nebeneinander auf der niedrigen Brunnenmauer und redeten über einen Hahn, den Danuh tags zuvor gekauft hatte. Ich war im Begriff, zu ihnen zu gehen, überlegte mir es aber. Ich holte meinen neuen Malkasten von der hinteren Veranda und trug ihn in die Kammer neben der Küche, wo Urug schlief. Ein Moskitonetz hing schlaff über der *bale-bale*, der Bambuspritsche. Auf einer umgedrehten Holzkiste lagen ordentlich gestapelt Urugs Hefte und Schulbücher. An die weißgekalkte Wand hatte er ausgeschnittene Bilder von Flugzeugen und Rennwagen geklebt. Ich wußte, er war sehr stolz auf sein kahles, ordentliches Kämmerchen, das nie ganz frei von penetranten Küchengerüchen war, vor allem am Abend, wenn eine feuchte Kühle vom Zementboden aufstieg. Ich legte den Malkasten auf die Bambuspritsche neben einen alten Schlafanzug, der wie die meisten meiner abgelegten Kleider über die Babu bei Urug gelandet war.

Mein Vater beschloß, daß ich auf jeden Fall bis zur Aufnahmeprüfung in Indonesien bleiben solle. Da sein Vertreter im Verwalterhaus wohnen würde, suchte er in Sukabumi nach einer Unterkunft für mich. Einzelheiten darüber erfuhr ich kaum. Vater stellte mich vor vollendete Tatsachen, indem er mich eines Tages im Auto nach Sukabumi mitnahm und zu der Frau brachte, die ich für den Rest meines Lebens Lida nennen werde. Lida war eine Frau unbestimmbaren Alters. Ich schätze, daß sie in der Zeit, von der ich jetzt erzähle, zwischen dreißig und vierzig Jahre alt war. Sie gehörte zu den Frauen, die sich als Erwachsene bis ins hohe Alter äußerlich kaum verändern. Sie hatte eine mittelgroße, eher magere Gestalt, aschblondes, glattes Haar, das sie kurzgeschnitten mit einem Pony über der Stirn trug, graue Augen und unregelmäßige Gesichtszüge. Erst vor wenigen Jahren war sie als Krankenschwester aus Holland in der Absicht hergekommen, in der kühlen Bergluft von Sukabumi ein Erholungsheim zu eröffnen. Die Freundin und Kollegin, die ihr bei der Ausführung des Planes hätte helfen sollen, hatte sich kaum zwei Monate nach ihrer Ankunft in den Tropen Hals über Kopf verheiratet. Außer der Arbeitskraft verlor Lida auch das halbe Startkapital. Mit den großen Hotels und Pensionen, die in Sukabumi allenthalben wie Pilze aus dem Boden schossen, konnte sie ohnehin nicht konkurrieren. Von dem ehrgeizigen Projekt blieb schließlich nur ein kleines Haus übrig, das nur wenigen Leuten Unterkunft bot. Lida konnte nicht wählerisch sein; sie nahm nicht nur Erholungssuchende, sondern auch Touristen und Logiergäste für ein paar Tage und unterhielt sogar einen Mittagstisch. Sie war bekannt für ihre Hilfsbereitschaft und niedrigen Preise – eine angenehme Pensionswirtin.

Der Direktor meiner Schule kannte sie gut und hatte sie meinem Vater als Betreuerin für die Zeit seines Urlaubs empfohlen. Lidas Haus hatte ganz und gar nichts Indonesisches. Mit den Klettergewächsen an Giebel und Dach, dem angebauten Wintergarten und einem Garten voller Rosen hätte es in Holland in der Veluwe, in Laren oder Blaricum stehen können. Kissen, Deckchen, Teewärmer und handgeknüpfte Teppiche schmückten das Innere des Hauses, in dem nur der offene Kamin fehlte. Erstaunt betrachtete ich die getäfelten Wände, die mit Möbel vollgestellten Zimmer und die Gardinen und Vorhänge an den Fenstern. Lida, die unseren Besuch erwartet hatte, schenkte Tee ein und kam unumwunden auf unser Anliegen zu sprechen.

Wie sich herausstellte, hatte Vater schon alles mit ihr besprochen, und mein künftiger Aufenthalt bei Lida war beschlossene Sache. Man teilte mir mit, daß ich in Kürze bei ihr einziehen werde. Lidas resolutes Auftreten und der plötzliche Umzug überrumpelten mich dermaßen, daß ich zunächst weder Gelegenheit noch Lust hatte, etwas dagegen einzuwenden.

«Ja, und... Urug?» fragte ich schließlich in einer Gesprächspause. «Was wird mit Urug, wenn ich hier wohnen muß?» Lida sah mich mit ihren freundlichen, etwas kurzsichtigen Augen an.

«Wer ist Urug?» fragte sie, und als Vater ungeduldig antworten wollte, setzte sie rasch hinzu: «Nein, sag es nur selbst. Lassen Sie ihn erzählen.» Ich geriet ins Stottern. Ich fürchte, daß meine Geschichte ziemlich verworren klang, doch wie konnte ich mit wenigen Worten erklären, wer und was Urug war? Urug war mein Freund, seit meiner Geburt das einzige Lebewesen in meiner Umgebung, mit dem ich jede Entwicklungsphase, alle Gedanken und Erlebnisse geteilt hatte. Er war noch mehr als das. Urug bedeutete für mich – obwohl ich es damals nicht in Worte fassen konnte – das Leben auf und um Kebon Djati, die Ausflüge in die Berge, die Spiele im Garten und auf den Steinen am Fluß, die tägliche, gemeinsame Fahrt zur Schule, kurzum: meine ganze Kindheit.

Vater erklärte kurzangebunden, daß Urug auf der Plantage bleiben müsse. «Er kann zum Bahnhof und zurück laufen, so weit ist es nicht», sagte er entschlossen. «Und alles übrige läßt sich einrichten. Darüber brauchst du dir keine Sorgen zu machen.»

Nicht ganz zu Unrecht stieg in mir der Verdacht auf, daß Vater meinen Aufenthalt bei Lida als Mittel benutzte, meinen Umgang mit Urug zu unterbinden. Voller Bitterkeit und Groll über sein ungerechtes Vorgehen ging ich in den letzten Wochen, die ich auf der Plantage verbrachte, meinem Vater möglichst aus dem Weg.

Nachdem ich oft und lange die Schule geschwänzt hatte, beschwerte sich der Direktor der Schule bei Lida. Das brachte sie auf den Gedanken, Urug als den Mitschuldigen zu sich nach Hause einzuladen. Urug und ich waren jetzt zwölf und damit in einem Alter, in dem jeder taktlose Versuch, unsere Neigungen zu durchkreuzen, auf heftigen, hartnäckigen und meist heimlichen Widerstand stieß. Wir versäumten viele Schulstunden. Zuerst schlenderten wir nur durch die Straßen und besprachen die Ereignisse unseres neuen Lebens, später aber, als wir uns an die veränderten Umstände gewöhnt hatten, schlossen wir uns manchmal einer Gruppe halbwüchsiger indonesischer Jungen an und trieben Unfug im Basar und in den Geschäftsvierteln. Urug, der, wie ich später feststellte, zu jener Zeit in vieler Hinsicht reifer war als ich, schien kaum schockiert zu sein von der Art und Weise, wie uns die Gassenjungen in Aspekte des Lebens einweihten, mit denen wir bislang nie in Berührung gekommen waren.

Da war Jules, ein Halbblut von etwa fünfzehn Jahren mit einem pockennarbigen Gesicht, der Sohn einer Prostituierten, die von den Angestellten der benachbarten Plantagen besucht wurde. Sie wohnte in einem kleinen Pavillon in einer schmutzigen, lauten Straße oder vielmehr Gasse am Rande des Kampongs. Jules nahm uns einmal nach Hause mit, um *ketan* zu essen, eine Süßspeise aus klebrigem Reis, Kokosflocken und braunem Zucker. Seine Mutter, die sich auch von uns Sonja nennen ließ, saß barfuß in einem schmuddeligen rosa Kimono auf den Stufen der kleinen Veranda. Im engen Hof lagen Abfall und Flaschenscherben herum. Ungeniert ging Jules uns voran in das unordentliche Schlafzimmer voll billigem Plunder und Papierblumen. In seiner Konversation sparte er nicht mit Einzelheiten über den Lebenswandel seiner Mutter. Ich versuchte ebenso unbekümmert aufzutreten wie Urug, doch es gelang mir nicht so recht. Irgendwie mußte ich den Schock über meine neuen Erfahrungen abreagieren; ich benahm mich aufsässig in der Schule und ließ zu Hause meine schlechte Laune an Lida aus.

Schlimmer noch als Jules war Adi, ein wieselflinker indonesischer Bursche, der mit profihafter Routine kleinere Diebstähle in den Geschäften der Innenstadt beging. Auf sein Betreiben besuchten wir – zum ersten Mal im Leben – ein Kino, einen ausgedienten Lagerschuppen voll Holzbänke, wo ausschließlich alte Stummfilme gezeigt wurden. Die Cowboy- und Gangstergeschichten mit ihrer unaufhörlichen Folge von Raub, Mord und Totschlag machten einen gewaltigen Eindruck auf uns. Wir gerieten so sehr in den Bann der Filmwelt, daß uns jedes Mittel erlaubt schien, um uns dieses Vergnügen zu verschaffen.

Genau zu dieser Zeit griff Lida ein, obwohl sie von den eigentlichen Hintergründen gar nichts wußte.

Lida war eine Frau, die keine Umschweife kannte. Sie hatte das, was Urug und ich in späteren Jahren Grüne-Seife-Mentalität nannten: keine Phantasie, kein Verständnis für Dinge, die sie weder glaubte noch sich vorstellen konnte, und eine unerschütterliche Arglosigkeit, wegen der sie immer wieder ausgenutzt und betrogen wurde. Sie war bürgerlich, aber nicht engstirnig, und ohne Bigotterie bestrebt, im christlichen Sinne ein guter Mensch zu sein. Sie beurteilte alles und jeden nach dem Maßstab ihres glasklaren, völlig nüchternen, praktischen Verstandes. Alle diese Eigenschaften gewannen einen sympathischen Zug durch die Tatsache, daß Lida keine Vorurteile kannte und durch und durch ehrlich war. Es versteht sich von selbst, daß sie im Umgang mit den Einheimischen, vor allem mit Dienern und Lieferanten, wenig Geschick hatte. Ihr Sinn für Loyalität und ihr Bestreben, mit Geduld und logischen Argumenten Konflikte und Mißverständnisse auszuräumen, erweckten Befremden und Mißtrauen. Es lag ihr fern, ihre Autorität durch den Einsatz von Machtmitteln zu behaupten. So wurde sie auch von gutwilligem Personal bestohlen und betrogen, nur weil es an gegenseitigem Verständnis fehlte. Im Unterschied zu Lida erkannten die ständig wechselnden Dienstboten sofort die Situation. Zu Urug hatte sie von Anfang an eine ungewöhnliche Zuneigung gefaßt. Vielleicht rief seine Einsamkeit den Mutterinstinkt in ihr wach, möglicherweise befriedigte seine Gegenwart auch den unbewußt in ihr schlummernden Hang zum Exotischen, der zweifellos für die Reise nach Indonesien den Ausschlag gegeben hatte und der in ihren derzeitigen Aufgaben und Lebensumständen keine Erfüllung fand. Möglich auch, daß Urugs angehende Entwicklung vom Desa-Jungen zum Intellektuellen sie an ihre eigene schwere Jugend erinnerte und an die Art, wie sie sich aus beengten, spießbürgerlichen Verhältnissen hochgearbeitet hatte.

Urug hatte eine ebenmäßige, schlanke Gestalt im Gegensatz zu meinen etwas ungelenken, noch nicht ganz ausgewachsenen Gliedern. Es hatte den Anschein, als würde ich später ziemlich groß werden. Urugs zierlicher Körperbau, die großen Augen, deren Pupillen wie Tintenflecke auf dem bläulichen Weiß schwammen und die mit ihren scharfen Linien an die Augen einer Wajangpuppe erinnerten, sein breiter, aber schön geformter Mund und seine ganze Haltung, in der sich ironische Zurückhaltung und Befangenheit vermischten, faszinierten Lida. Aus kurzen Besuchen wurden Übernachtungen, und nach ein paar Monaten zog Urug ganz in die Pension ein. Es gab noch andere Gründe, die diesen Schritt rechtfertigten.

Unser Personal auf Kebon Djati wurde von der Frau des stellvertretenden Geschäftsführers hart gedrillt; da Urug für sie nur ein lästiger Verwandter des Hausburschen war, hatte sie ihn aus dem Kämmerchen neben der Küche vertrieben. Er schlief jetzt bei Danuh in einem Verschlag hinter den alten Stallgebäuden. Urugs Kleider, meist abgelegte Sachen von mir, waren schmutzig und vernachlässigt, sein Haar war seit langem nicht geschnitten. Er machte einen verwahrlosten Eindruck.

«Wenn dein Vater schon das Schulgeld für den Jungen bezahlt, muß auch für ihn gesorgt werden», erklärte Lida ihren Beschluß, Urug bei sich im Hause aufzunehmen. In meinem Zimmer wurde ein zweites Bett aufgestellt und ein zusätzlicher Stuhl an den Tisch geschoben. Die wenigen Gäste, die Lida zu dieser Zeit beherbergte, nahmen die Mahlzeiten auf ihren Zimmern ein. So trat Urug abermals in meine unmittelbare Nähe, diesmal als unumstrittener Spielkamerad und Hausgenosse.

Ich wußte, daß Lida mit meinem Vater korrespondierte und vermutete, daß in ihren Briefen auch von Urugs Einzug in ihr Haus und von seiner Zukunft die Rede war. Tröpfchenweise sickerten die Informationen zu uns durch. Als Lida sich an Urugs Schule nach ihm erkundigte, stellte sich heraus, daß man ihn dort zu den begabten Schülern zählte. Er besaß eine rasche Auffassungsgabe und arbeitete mit solcher Hingabe und Sorgfalt, daß nicht einmal die von Zeit zu Zeit auftretenden Phasen der Unruhe seine Leistung beeinträchtigten. Der Schuldirektor kannte die Absicht meines Vaters, Urug nach Abschluß des siebenjährigen Unterrichts mit einfachen Schreib- und Büroarbeiten in seinem Betrieb zu betrauen. Der Direktor meinte jedoch, ein Junge mit Urugs Fähigkeiten könne es weiter bringen, und riet, ihn auf die Realschule oder eine andere Mittelschule zu schicken.

Begeistert über das, was sie in Erfahrung gebracht hatte, schrieb Lida einen ausführlichen Brief an meinen Vater, der aber nichts davon hören wollte. Er sah hohe Kosten auf sich zukommen, die sich nicht auszahlen würden, da Urugs berufliche Aussichten letztlich beschränkt waren. An den Nachmittagen und Abenden, wenn Lida mit Flickarbeiten neben uns saß und wir am Tisch unsere Hausaufgaben machten, hatte sich in ihr Gehirn ein Gedanke eingenistet, den sie nicht mehr loswurde. Ich sehe sie noch dort sitzen und immer wieder die Brille hochschieben, die sie bei den Näharbeiten trug. Obwohl Urug und ich Lida im Grunde sehr mochten, lächelten wir oft über sie und warfen uns vielsagende Blicke zu, wenn sie sich lässig in dem niedrigen Korbstuhl zurücklehnte, so daß die rosa Strumpfbänder an ihren Schenkeln sichtbar wurden. Sie trug meist unförmige Kleider mit Puffärmeln aus billigen, geblümten Baumwollstoffen, die es in unbegrenzter Menge auf dem Basar zu kaufen gab. Wir hatten keine Ahnung, was Lida durch den Kopf ging, während sie die Knöpfe an unsere Trikothemden nähte und unsere Hosen flickte; wie in jenen stillen Stunden ein Plan reifte, dessen Verwirklichung sie für ihr gescheitertes Gästehaus-Projekt entschädigen sollte. Sie entschloß sich, Urug zu helfen und ihm die Möglichkeit zur Weiterbildung zu verschaffen. Von dem Augenblick an, als sie sich dies in den Kopf gesetzt hatte, ging sie systematisch vor. Da Lida nur gebrochen Malayisch und Sundanesisch sprach, redeten wir in ihrer Gegenwart immer niederländisch. Urug hatte seine frühere Befangenheit einigermaßen überwunden, zog es aber immer noch vor, schweigend zuzuhören. Energisch setzte Lida nun alles daran, seine Aussprache zu verbessern. Außerdem verging kein Tag, an dem sie nicht auf die Bedeutung des ärztlichen Berufs zu sprechen kam und auf den gerade in den Tropen großen Bedarf an medizinischem Personal hinwies. Sie nannte Zahlen und Fakten über die weitverbreiteten Epidemien und schleppte Bücher und Broschüren heran, die sie uns beiden, vor allem aber Urug, zu lesen empfahl. Sie kramte den Lehrstoff ihrer eigenen Ausbildung hervor und zeigte uns Bilder, die das Innere des Menschen, den Bau der Organe, die Lage der Muskeln und Blutgefäße darstellten.

Anfangs sahen wir mehr höflich als interessiert zu. Ich wunderte mich deshalb, als Urug auf Lidas direkte Frage, ob er Arzt werden wolle, zuerst mit «vielleicht» antwortete, sich aber sofort verbesserte: «Ja.» Abends in unserem Zimmer warf ich Urug vor, er habe unseren Wunschtraum, Pilot zu werden, verraten.

«Ach was», erwiderte Urug, wobei er das W wie ein U aussprach, «wenn sie das nun mal hören will.»

«Wie ist deine Meinung über Lida?» fragte ich. Zum ersten Mal kam ich auf den Gedanken, die Gefühle, mit denen wir unserer Betreuerin begegneten, in Worten auszudrükken. Urug sah mich kurz mit seinen dunklen Augen von der Seite her an, bevor er antwortete.

«Nicht schlecht», meinte er schließlich. Danach zog er eine spöttische Grimasse und ahmte in einer lebensgetreuen Parodie nach, wie Lida mit einem *klontong*, einem chinesischen Hausierer, zu verhandeln pflegte. Die Folge war, daß wir uns kreischend vor Lachen auf den Betten wälzten, bis die Gäste im benachbarten Zimmer an die Wand klopften und Lida erschrocken herbeigelaufen kam und uns zur Ruhe mahnte.

Meine Zulassungsprüfung fiel in die Zeit, in der mein Vater zurückkehrte. Ich hatte ihn über ein Jahr lang nicht gesehen. Er hatte stark zugenommen, war braun gebrannt und trug einen gutgeschnittenen Tropenanzug, in dem er zum ersten Mal wie ein richtiger Plantagenbesitzer aussah. Ich staunte über die lärmende Heiterkeit und Großzügigkeit, mit der er die mitgebrachten Geschenke verteilte, mehr noch aber über die Tatsache, daß er eine Frau mitgebracht hatte, was er in seinen Briefen mit keinem Wort erwähnt hatte. In Singapur hatten sie geheiratet. Zur Zeit wohnte seine Frau noch in Batavia, um Einkäufe zu machen. Lida enthielt sich jeden Kommentars, ließ aber durchblicken, daß sie das Verhalten meines Vaters mißbilligte.

Urug wechselte ohne viel Formalitäten aus Vaters Vormundschaft in die von Lida über, und was mich betraf, so entschied man sich, daß ich nur die großen Ferien auf der

Plantage verbringen sollte. Von seinem Plan, mich nach Holland zu schicken, sprach Vater nicht mehr, vermutlich wegen der Kosten. Zumindest erschien mir dieser Grund plausibel, als ich meine Stiefmutter kennenlernte, die unnötige Ausgaben verabscheute. Sie war eine frische, praktische, sehr sachlich eingestellte junge Frau mit einem hübschen, aber nicht sehr ausdrucksvollen Gesicht. Ich konnte sie von Anfang an nicht leiden wegen der rechthaberischen Art, mit der sie in Kebon Djati alles auf den Kopf stellte, und wegen ihres hochmütigen, gebieterischen Auftretens gegenüber den Angestellten und der Dienerschaft. Als Gouvernante und Lehrerin hatte sie mehrere Jahre in ziemlich untergeordneter Stellung zugebracht und gedachte jetzt, als Frau des Geschäftsführers, sich für die erlittenen Demütigungen schadlos zu halten. Sie war unumstritten der Herr im Hause. Vater zollte ihrem resoluten Auftreten höchstes Lob und war sichtlich beeindruckt von ihrer robusten Gesundheit. Im Gegensatz zu meiner Mutter, die spät aufgestanden war und selten den Morgenrock mit anderen Kleidern vertauscht hatte, saß Eugenie morgens fertig angezogen und frisiert mit Vater am Frühstückstisch, während der Haushalt auf vollen Touren lief.

So oft ich konnte, entfloh ich der veränderten Atmosphäre in unserem Haus. Meist ging ich zu Urug nach Sukabumi, manchmal trafen wir uns irgendwo draußen und unternahmen Touren in der näheren Umgebung oder machten einen Tagesausflug zu einem Badeort in den Bergen. Lida hatte in Batavia eine Pension übernommen, in die sie im September mit Urug einziehen wollte. Urug sollte dort auf die Mittelschule gehen und später die Niederländisch-Indische Hochschule für Ärzte in Surabaja besuchen. Lida hatte den Plan aufs genaueste ausgetüftelt.

Wir besuchten auch Sidris, die ihrem Sohn nicht viel zu sagen wußte. Mit einem Ausdruck von Bewunderung und

Stolz auf dem verwelkten Gesicht schaute sie ihn an und schüttelte nur den Kopf, kaum fähig, die Situation zu begreifen. Ihre Wohnung hatte im Laufe der Jahre jede Spur westlichen Komforts verloren. Ein paar Matten auf der primitiven Veranda dienten als Sitzgelegenheit, auf dem Hof lag haufenweise Abfall, und überall stank es nach getrocknetem Fisch und *trasi*, einer stark gewürzten Garnelenpaste. Satih, die gewaltig zugenommen hatte, saß in Sarong und enganliegendem Unterleibchen vor der Tür zum Hinterzimmer und steckte die glänzenden Haarsträhnen zu einem Knoten auf. Sie erzählte uns, sie habe nicht die Absicht im Desa zu bleiben, sie wolle als Babu in die Stadt. Zum ersten Mal in unserem Leben hockten Urug und ich mit einem leicht unbehaglichen Gefühl neben Sidris und den Kindern. Das Jahr, das wir in der Ordnung und Regelmäßigkeit von Lidas gepflegtem Zuhause verbracht hatten, erweckte in uns einen bislang nie empfundenen inneren Widerwillen gegen den Schmutz und die Armut des Desa. Unter den in Lumpen gekleideten Geschwistern sah Urug wie ein Prinz aus. Wir blieben auch zum Essen, es gab Reis und eine Art Kringel aus getrockneten, gemahlenen Garnelen. Dann verabschiedete sich Urug von seiner Familie, und wir kehrten heim. Es war die heißeste Zeit des Tages, als wir langsam den mit grobem Schotter bestreuten Weg hinabschlenderten. Große schaumartige Wolken, an der Unterseite abgeflacht, als trieben sie auf einer Glasplatte, zogen am hellen Mittagshimmel vorbei. Die grünen Berghänge flimmerten im Licht. Rundum herrschte die lähmende Stille, in der das Land in den heißesten Stunden wie ausgestorben daliegt. Nur entferntes Hundegebell und die eintönigen Klänge der Büffelglocken tönten über die Felder zu uns herüber. Auf den Wegen und Sawahs war kein Mensch zu sehen, und zwischen den Sträuchern der höher am Berg gelegenen Teeplantagen tauchten nirgends die farbigen Kopftücher der Pflückerinnen auf. An den Sträuchern am Wegrand leuchteten Hunderte von schirmförmigen Tambleangblüten in allen Schattierungen von Rosa, Rot und Dunkelorange unter Schwärmen von Schmetterlingen. Urug schlug vor, im Fluß zu baden, dessen Wasser, halb versteckt unter herabhängenden Zweigen, verlockend über die Steine plätscherte. Wir legten unsere Kleider auf einen Haufen unter einen Busch und stiegen in das frische, kristallklare Wasser. In den muldenförmigen Tümpeln zwischen den Steinen konnte man nicht richtig schwimmen. Wir warfen uns der Länge nach ins Wasser oder hielten den Rücken unter die schäumenden kleinen Wasserfälle, die von den treppenartig übereinander gelagerten Felsblöcken herabstürzten. Viele hundert Male hatten wir uns so erfrischt in den Jahren, die wir auf Kebon Djati verbracht hatten. Die rückhaltlose Hingabe an das rauschende, glucksende Wasser, das Aufspringen und Niederducken zwischen den Steinen, die zahllosen Spiele im Wasser hatten immer zu den intensivsten Erlebnissen unserer Kindheit gehört. Erstaunt und mit einer gewissen Enttäuschung stellten Urug und ich diesmal fest, daß wir das Baden im Fluß nicht mehr unbefangen genießen konnten. Aber vielleicht ist das zu kraß ausgedrückt, vielleicht sollte ich lieber sagen: Das Baden war in diesem Augenblick – und für alle Zukunft – nicht mehr als ein erfrischendes Untertauchen, eine Handlung, die dem unwiderstehlichen Bedürfnis nach Abkühlung entsprang, und sobald dieses befriedigt war, gab es für uns eigentlich keinen Grund mehr, im Wasser zu bleiben. Obwohl wir das beide spürten, plantschten wir aus Gewohnheit, vielleicht auch aus einer gewissen Scham voreinander, noch eine Weile herum, aber ohne die einst so spontane Freude am Wasser. Der Unterschied lag darin, daß wir das Schwimmen, den Fluß, das funkelnde Strömen jetzt mit anderen Augen sahen, mit Augen, die nicht mehr die Fähigkeit besaßen, in der wirklich vorhandenen Welt eine Wunderwelt zu entdecken. Verschwunden war das Zauberreich, in dem wir Helden und Entdeckungsreisende gewesen waren. Die halbdunklen Grotten am Ufer waren nur schattige Plätze unter tief herabhängendem Laub, das einstige Jagdrevier mit seinen Klippen und unüberwindlichen Stromschnellen war nichts weiter als ein schmaler Bergbach, der in einem Bett voll Kieseln und Steinbrocken dahinplätscherte. Krebse und Libellen huschten in unverändert lockenden Farbtönen unter und über der Wasserfläche davon, regten aber unsere Phantasie nicht mehr an, obwohl wir zum sportlichen Zeitvertreib Jagd auf sie machten. Als wir zum Trocknen auf einem flachen Stein ausgestreckt lagen, wurde mir schlagartig klar, was diese Veränderungen wirklich bedeuteten. Ich sah Urug an und bemerkte an seinem Blick, daß er es ebenfalls erkannt hatte. Etwas war vorbei. Wir waren keine Kinder mehr.

Eugenie erwartete ein Kind. Unter Berufung darauf und noch auf einiges andere kostete es mich wenig Mühe, meinen Vater zu überreden, mich auf die höhere Schule in Batavia zu schicken. Im Gegenteil, ich hatte den Eindruck, daß mein Vorschlag die unverhoffte Lösung eines drückenden Problems für ihn war. Es kam freilich nicht in Frage, daß ich weiterhin bei Lida Quartier bezog. Ich sollte in einem der Schule angeschlossenen Internat wohnen.

Kurz vor Beginn des Schuljahres fuhr ich nach Batavia. Urug und Lida waren schon seit Wochen umgezogen. Ich kannte die Stadt nicht und war anfangs sehr beeindruckt von den großen Plätzen mit den weißen Gebäuden und dem lebhaften Verkehr. Das Internat war in einem alten ostindischen Haus mit dunklen Zimmern und gefliesten Böden untergebracht. Es lag zurückgesetzt zwischen anderen palastartigen Gebäuden an einem Hof, der an der Straßenseite aus einer verdorrten Rasenfläche bestand. Riesige

Sukkulenten mit stacheligen, ledrigen Blättern standen wie Schildwachen beiderseits der Eingänge. Das Internat wurde von einem Lehrerehepaar geleitet; der Mann überwachte die Jungen bei den Hausaufgaben, die Frau führte den Haushalt. Bei der Einrichtung war man vor allem auf Ordnung und Zweckmäßigkeit bedacht gewesen. Überflüssige Möbel und Ziergegenstände gab es nicht. Die Schlafzimmer mit den hohen weißen Wänden und kahlen Fußböden boten jeweils vier Schülern Platz und enthielten dementsprechend vier Betten, vier Schränke, vier Stühle und vier Hakenleisten. Um die Betten hingen Vorhänge aus gestärkter Moskitogaze, deren Quader in dieser Umgebung mehr denn je an Käfige erinnerten. Die Fenster waren vergittert, angeblich der Diebe wegen, wie man mir versicherte. Ich teilte das Zimmer mit drei älteren Jungen, die mich kaum beachteten, außer wenn sie Bleistifte von mir ausborgten oder Seiten aus meinen Heften rissen, um sie als Schmierblätter zu benutzen.

Die Tagesordnung war einfach. Um sieben Uhr nach dem Frühstück gingen wir zur Schule hinüber durch den Hof, der an den Schulgarten grenzte. Um eins kamen wir zurück. Das Mittagessen gab es auf der hinteren Veranda, wo wir an drei oder vier langen Tischen saßen und ohne viel zu reden – was übrigens verboten war – das Essen in uns hineinschaufelten. Von zwei bis halb vier war Ruhepause, in der absolute Stille herrschte. Wir schliefen, lasen oder machten Hausaufgaben, damit wir abends möglichst früh fertig waren mit den uns allen verhaßten Schularbeiten unter Aufsicht. Nach dem Tee begaben wir uns zur inneren Veranda, wo alte Schulbänke und -tische in einschlägiger Ordnung aufgestellt waren und wir uns schlimmstenfalls bis zum Abendessen mit Aufsätzen und mathematischen Aufgaben abplagten. Wer die fertigen Arbeiten zur Kontrolle vorlegte, hatte bis acht Uhr frei.

Daß in dieser spartanischen Atmosphäre nur wenig positive Eigenschaften zum Zuge kamen, versteht sich von selbst. Die aufgestauten Aggressionen entluden sich von Zeit zu Zeit in Raufereien und drastischen Wortgefechten. Echte Freundschaft unter den Jungen kam im allgemeinen nur selten vor. In jedem Kurs bildeten sich mehr oder minder beständige Cliquen, aber das war auch alles. Von einigen Ausnahmen abgesehen empfand ich wenig Sympathie für meine Hausgenossen. Ich beteiligte mich an ihren Streichen und ihrem geheimnisvollen Getuschel, aber sonst ließ mich die ganze Sache kalt.

Wenn ich mit den Hausaufgaben fertig war, ging ich oft zu Lida und Urug, wo ich auch einen großen Teil des Sonntags verbrachte. Die Pension, die Lida übernommen hatte, lag in einem heruntergekommenen Viertel, dessen Ruf in den letzten zehn Jahren sehr gelitten hatte. Die von chinesischen und eurasischen Familien bewohnten Häuser machten einen vernachlässigten Eindruck. Kleine Geschäfte und Imbißstuben drängten sich zwischen die größeren Gebäude und verschoben die Grenze des Kampongs, das gleich hinter den Gärten lag, bis zur Straße. Lida, die kein Auge für solche Dinge besaß, hatte sich mit der Übernahme der Pension gewissermaßen selbst einen Strick gedreht. Obwohl der Garten recht ordentlich gepflegt und die vordere Veranda frisch geweißt war, scheiterten ihre Bemühungen an der ungünstigen Lage. Nicht einmal das stolze Schild am Gartenzaun: «Pension Haus Alt-Bussum» wirkte in diesem Bezirk als Reklame. Lida hatte nur eine Handvoll Gäste: ein paar Junggesellen, die in einem Büro in der Innenstadt arbeiteten und erst zum Abendessen nach Hause kamen, ein älteres Ehepaar, das zu den Zeiten des Zucker-Booms bessere Tage gekannt hatte und seit der Krise in verschämter Armut lebte, und zwei noch junge Damen, an deren guten Sitten Lida keineswegs, Urug und ich jedoch um so mehr zweifelten. Mit Hilfe eines frechen Hausburschen und drei schlampigen Babus versorgte Lida ihre Gäste. Die Zimmer waren alle gleich möbliert und verfügten über eine eigene Veranda mit Sitzecke. Die Hitze und der tägliche Ärger machten Lida in Batavia sehr zu schaffen. Sie sah nicht mehr so frisch und heiter aus wie in Sukabumi und hatte so gut wie keine Zeit mehr für uns.

Meistens saß sie in ihrem Büro, einem engen Verschlag im Nebengebäude, mit einem Stapel Rechnungen vor sich. Die Ponyfransen klebten auf ihrer feuchten Stirn, und das geblümte Kleid war am Hals schmuddelig. Wenn ich mittags zu Urug kam, begrüßte sie mich ein wenig zerstreut und schickte uns dann in die Küche, um Limonade oder Tee zu holen. Für Urug scheute sie weder Kosten noch Mühe. In weißem Polohemd und Leinenschuhen sah er immer tadellos aus; das Topi trug er nicht mehr. Als ich ihn danach fragte, winkte er ungeduldig ab und schnalzte mit der Zunge. «Ich bin kein Mohammedaner», erklärte er etwas später. Ich mußte zugeben, daß ihm an der Ausübung seiner Religion nie viel gelegen war, obwohl er auf Kebon Djati den Hausburschen oft zur Moschee begleitete.

Mit dem Verzicht auf das Topi war auch etwas von seiner Eigenart verlorengegangen. In europäischer Kleidung, das dichte Haar modisch geschnitten, gab er allmählich auch seine Zurückhaltung, jene typisch einheimische Reserviertheit auf, die mir immer als ein Teil von ihm erschienen war.

Wie er sagte, hatte er es gut getroffen in der Realschule, die von jungen Leuten aus den unterschiedlichsten Schichten besucht wurde. Der Lehrstoff bereitete ihm nicht die geringste Mühe. Wie ich nicht ohne Mißfallen feststellte, hatte er sich das Benehmen und die Sprache der Halbblutjungen angewöhnt, die sich an den Vorbildern von Film- und Sporthelden orientierten und gruppenweise in eleganter Aufmachung auf buntlackierten Rennrädern durch die

Stadt fuhren. Urug rauchte neuerdings auch, und Lida, die sich alles von ihm gefallen ließ, drückte nachsichtig ein Auge zu. Sie war stolz auf ihren Pflegesohn und tat für ihn, was sie konnte. Lida und Urug hatten ihre Schlafzimmer im Nebengebäude, aber Urugs Zimmer war größer und gemütlicher eingerichtet als das ihre. Den größten Kummer bereiteten ihr die Pensionsgäste, die ihr Verhältnis zu Urug mit Kritik und Spott bedachten, was selbst ihr nicht entging. Lida war zu arglos, um die tiefere Bedeutung der Klatschgeschichten zu begreifen. Urug wußte, was dahintersteckte, amüsierte sich aber im Grunde nur darüber. Mit den Junggesellen gab er sich nicht ab, dem alten Ehepaar gegenüber benahm er sich ausgesprochen hochmütig, und was die beiden jungen Damen betrifft, so habe ich ihn nie so überheblich und frech erlebt wie in ihrer Gegenwart.

Wenn wir nachmittags im Garten auf und ab gingen, saßen sie meist auf ihrer kleinen Veranda, lackierten sich die Nägel oder beschäftigten sich mit anderweitiger Schönheitspflege. In wallenden Kimonos, mit ungekämmten Haaren und in ausgetretenen Pantoffeln legten sie ungeniert die Füße auf die Balustrade und wippten mit den Korbsesseln. Sie riefen uns Komplimente nach, deren Doppeldeutigkeit mir erst im nachhinein klar wurde. Urug schmunzelte geheimnisvoll und blickte aus den Augenwinkeln scheinbar verlegen in die Ferne. Trotzdem trieben wir uns weiter in der Nähe der Mädchen herum. Meist tauchten über kurz oder lang Einmachgläser auf mit kandierter Tamarinde oder weichen Zuckerstangen, die man *gulali* nennt, und zu guter Letzt saßen Urug und ich bei ihnen auf der Balustrade und naschten von den Süßigkeiten, während die hin und her flitzenden Bemerkungen immer übermütiger wurden. Urug brachte es fertig, mit einem mokanten Lächeln die größten Unverschämtheiten zu sagen, wobei er den Frauen offen in die Augen sah. Sein durchdringender

Blick verwirrte sie dermaßen, daß sie nicht wußten, ob sie ihm böse sein sollten oder nicht. Dann verpaßten sie ihm spielerisch einen Klaps oder einen Tritt und versuchten, eine Balgerei zu provozieren. Obwohl ich wußte, daß mir das Benehmen der beiden Untermieterinnen eigentlich Abscheu einflößen müßte, faszinierten mich ihre Gespräche und Neckereien, und ich hatte ein schlechtes Gewissen, wenn ich Lida rufen hörte, es sei nun Zeit für mich, ins Internat zurückzugehen. Ich wunderte mich über Urugs ironischen Gleichmut, wenn er mich ein Stück begleitete und nach ein paar abfälligen Worten über die Frauen eine Zigarette anzündete.

In jener Zeit war meine Beziehung zu Urug nicht mehr so eng wie früher. Von den Pubertätsnöten, mit denen ich kämpfte, war ihm nichts anzumerken. Verglichen mit ihm kam ich mir wie ein einfältiger, grüner Junge vor. Vielleicht war der Umstand, daß ich mich nicht so frei bewegen konnte wie er, schuld an meinem Minderwertigkeitskomplex. Urug konnte abends tun und lassen, was er wollte, während ich, von seltenen Ausnahmen abgesehen, nach neun Uhr nicht mehr in die Stadt durfte.

Ich weiß nicht, welche Gefühle Lida dazu bewogen, ihr Leben Urug zu widmen, und kann darüber nur Vermutungen anstellen. Ich beschreibe lediglich die Ereignisse, wie ich sie damals erlebte und zu verstehen glaubte. Nie mehr kann ich die Betroffenen um eine Erklärung ihrer Worte und Taten bitten. Auch was Lidas Motive anbelangt, tappe ich im dunkeln. Manchmal glaube ich, ihre eigene Einsamkeit trieb sie dazu, für Urug zu sorgen; die Sehnsucht, unter all den vielen Menschen einen einzigen zu finden, der ihre Hilfe und Unterstützung brauchte. Für die meisten Frauen, die den Beruf der Krankenpflegerin gewählt haben, ist er eine Art Ventil für einen unbefriedigten mütterlichen Instinkt. Möglicherweise war es auch Urug, der sie – wie mich und viele andere, die mit ihm verkehrten – in seinen Bann zog; als gehörte er zu jenen sonderbaren, passiven Persönlichkeiten, die auf ihre Umgebung eine unwiderstehliche Anziehungskraft ausüben.

In den Jahren auf der Mittelschule verlor Urug sämtliche Merkmale, die ihn in Sukabumi noch als Desa-Jungen abgestempelt hatten. Ich hatte sogar den Eindruck, er bemühte sich nach Kräften, alles was an jene Vergangenheit erinnerte, auszulöschen. Er sprach nur noch niederländisch und ging auffallend westlich gekleidet. Mit Lidas Personal gab er sich niemals ab. Anspielungen auf unsere Kindheit, auf Sidris und seine Geschwister überhörte er tunlichst. Nur ein einziges Mal im Laufe unserer Freundschaft fuhr er mich wütend an, als ich im Beisein einiger Schulkameraden von seinem Vater sprach. Mit Bestürzung bemerkte ich, daß Urug alles daran setzte, als Halbblut angesehen zu werden. Ich wußte, daß er auf diese Bevölkerungsgruppe stets mit einer an Abscheu grenzenden Geringschätzung herabgesehen hatte. Doch sein Wunsch, sich an die europäische Welt zu assimilieren, war so groß, daß er selbst zu dieser Konzession bereit war. Der Übergang von einem Lebensbereich zum anderen wurde ihm leichter gemacht durch die Tatsache, daß er bei Lida wohnte, und durch den ständigen Kontakt mit seinen Schulkameraden, von denen mindestens fünfundsiebzig Prozent Mischlinge waren und einer Gruppe angehörten, die genauso hartnäkkig wie er nach westlichen Lebens- und Umgangsformen strebte. Einmal war ich bei einem Gespräch zugegen, in dem sie lange überlegten, ob Urug Lidas Nachnamen annehmen könne. Ich erinnere mich, daß Lida ihn eine Zeitlang mit Ed, Ted oder ähnlichen Namen anredete, doch gab sie den Versuch bald wieder auf. Gelegentlich gingen wir ins Kino, das Urug oft auch allein besuchte. Cowboygeschichten interessierten uns jetzt weniger als Tarzan-

und Gruselfilme; häufig verstießen wir gegen die Altersbestimmungen aus Neugier auf erotische Sensationen. Nach der Vorstellung, wo wir meist einige von Urugs Freunden trafen, gingen wir am liebsten in ein chinesisches Café, das, was die Bedienung und Ausstattung anbelangt, es mit einem amerikanischen Drugstore aufnehmen konnte. In einer Umgebung aus Nickel und Glas saßen wir auf Barhockern und aßen Bami oder Eiscreme, während aus dem elektrischen Grammophon schrille Jazzmusik in den Saal schallte. Dort trafen wir auch Mädchen, meist Schwestern von Urugs Bekannten; es waren frühreife, dunkelhäutige Mädchen, die mich durch ihr grundloses Kichern und ihre plötzlichen Zärtlichkeitsausbrüche in Verwirrung brachten. Urugs Vorliebe galt einer gewissen Poppie, einem Mädchen, das eine helle Haut und helle Haare hatte. Im Haus dieses Mädchens lernten wir tanzen; daß wir nicht tanzen konnten, hielten wir für ein Manko unserer Erziehung.

Poppie wohnte mit ihrer Mutter, einer sehr dicken, indonesisch aussehenden, geschiedenen Frau in einem neuen Wohnviertel am Stadtrand. Der kleine, in modernem Stil gebaute Pavillonbau stand auf einem von der Sonne versengten Grundstück, auf dem nichts wachsen wollte. Auch im Wohnzimmer mit den bunten, in Blei gefaßten Fensterscheiben war es unerträglich heiß. Die Kleider klebten uns am Leib, während wir die Mädchen im Tango- oder Dreivierteltakt zu der trübseligen Musik verkratzter Grammophonplatten herumführten. Poppies Mutter saß breitbeinig in einem Sessel und schaute uns zu, einen Papierfächer in der Hand. Das Tanzen und das Kino waren unser hauptsächlicher Zeitvertreib.

Sonntags zogen wir manchmal hinaus, am liebsten in den Hafen oder in die Mangrovenwälder an der Küste vor Tandjuk Priok. Wir streunten über den Fischmarkt mit seinem durchdringenden Gestank und an dem Kanal entlang, auf dem große Prauen mit braunroten Segeln stadteinwärts fuhren. Wir liefen bis zum Leuchtturm am Ende der schmalen Mole, wo auf den abgesackten Zementklötzen Algen und schleimige Muscheln wuchsen. Nicht einmal die Meeresbrise konnte hier die Hitze vertreiben. Das weißglühende Licht flimmerte über den Wellblechdächern der Hafengebäude, den Kieswegen in den Docks und den weißen Häusern um den Fischmarkt. Über dem Meer trieb ein Dunstschleier, der die Aussicht verhüllte. Manchmal schwammen wir von der Mole ein Stück weit ins Meer, hauptsächlich um unseren Mut zu beweisen, denn wir wußten, daß es Haie in dieser Gegend gab.

Noch verlockender erschienen uns die Mangrovenwälder trotz der Moskitoschwärme, die zwischen den kränklichen weißen Baumstämmen schwirrten. Der weiche Boden schwappte unter unseren Füßen, in der Luft hing salziger Verwesungsgeruch. Wo die Sträucher und Bäume unmittelbar aus dem Wasser ragten, stiegen saugende Geräusche von den Wurzeln auf; Luftblasen zerplatzten an der Oberfläche der Schlammschichten, die den Übergang zwischen Land und Wasser bildeten. Hier und da trafen wir auf einen kleinen Strand zwischen den Bäumen, aber das Wasser verleitete uns nicht zum Schwimmen. Außerdem ließen uns die Moskitos nicht in Ruhe und stürzten sich sofort auf uns, sobald wir unsere Kleider auszogen. Gewöhnlich gingen Urug und ich hintereinander auf dem schmalen Pfad entlang der Küste, wobei wir uns ständig bückten und den federnden Zweigen auswichen, die den Weg versperrten. Wo der Boden trocken genug war, setzten wir uns eine Weile hin. Unsere Gespräche drehten sich immer wieder um dieselben Themen: um die Schule, um unsere gemeinsamen Bekannten, um Sport, Kino und Mädchen. Einmal sprachen wir über die Zukunft. Wir lagen mit hochgezogenen Knien auf dem Boden, unter dem Kopf ein Taschentuch. Um uns wimmelte es von Insekten, die wir durch Zigarettenrauch zu vertreiben versuchten. Ich erzählte Urug von meiner Absicht, Ingenieur zu werden.

«Und du?» fragte ich, nachdem ich ihm meine Gründe haarklein dargelegt hatte. «Bleibst du dabei, daß du auf die NIAS gehen willst? Ist das wirklich was für dich?»

Urug warf die Zigarettenkippe in weitem Bogen zwischen die Sträucher.

«Ach, warum denn nicht», sagte er gleichmütig. «Ist nicht schlechter als anderes. Büroarbeit ist jedenfalls nichts für mich. Ein Arzt ist immerhin sein eigener Chef. Und dann kommen alle zu mir, um *gepotongt* zu werden.» Er unterstrich seine Worte mit naturgetreuen Geräuschen, mit denen man den Begriff des Halsabschneidens zu illustrieren pflegt.

«Wie nett für deine Patienten», sagte ich. «Sie werden dich fürchten.»

«Ist ja bloß Desa-Volk», murmelte Urug und zündete sich eine neue Zigarette an. «Der *dukun* bringt noch viel mehr Leute um mit seinem Kräuter-*obat* und *guna-guna*. Die Leute machen lieber diesen Zauberkram mit, als daß sie einen richtigen Arzt aufsuchen.»

«Ja, aber vielleicht werden sie zu dir mehr Vertrauen haben, weil du...» Ich hielt inne. Ich hatte sagen wollen: «Weil du einer von ihnen bist», aber ich verschluckte die Bemerkung, als Urugs rascher, seitlicher Blick mich streifte, dunkel und drohend, weil ich es gewagt hatte, das verbotene Thema anzurühren.

«Was willst du später mal tun... zum Gesundheitsdienst gehen?» fragte ich eilig. Ich erinnerte mich, daß es in diesem Fall Stipendien für die Ausbildung indonesischer Ärzte gab.

Urug zuckte die Achseln. Er hockte jetzt auf den Fersen –

die Mühelosigkeit, mit der er seinen Körper locker auf den Fußballen wiegte, und die entspannte Linie von Schulter, Rücken und Hüften verrieten seine Herkunft.

«Vielleicht», sagte er ausweichend. Nach einer kurzen Pause fügte er hinzu: «Später will ich von hier weg.» Ich setzte mich auf.

«Nach Holland?» fragte ich erstaunt.

Urug ließ den zweitönigen Kehllaut hören, der in Indonesien ein «ja» bedeuten kann. «Lieber nach Amerika», sagte er unerwartet. Er hatte kleine Steine und zerbrochene Muschelschalen gesammelt und zielte damit in rascher Folge auf einen toten Baumstamm, der nicht weit von uns stand. Amerika war für Urug das Gelobte Land – ein Land, in dem nach unserer Vorstellung alles größer, besser und schöner war als sonstwo auf der Welt. Durch Filme und Lektüre beeinflußt, träumten wir von einer Landschaft, in der Wolkenkratzer und technische Wunderwerke unmittelbar an das andere Extrem stießen: an die weiten Ebenen des Wilden Westens. Doch Urugs Sehnsucht war mehr als nur eine Sehnsucht nach Abenteuern. Später verstand ich, daß er damals glaubte – übrigens zu Unrecht –, in der Neuen Welt hätten Rasse und Rang weder für ihn noch für andere eine ausschlaggebende Bedeutung.

Wir sprachen auch über Lida. Mir war nie ganz klar geworden, in welcher Beziehung Urug zu ihr stand. Wenn ich auf die Zeit, über die ich jetzt schreibe, zurückblicke, könnte ich nicht behaupten, daß er sie liebevoll oder auch nur mit besonderem Respekt behandelte. Offensichtlich hielt er ihre Fürsorge, die Opfer, die sie sich seinetwegen auferlegte, ihr niemals nachlassendes Interesse an seinen Fortschritten, ihre Nachsicht und das Vertrauen, das sie in ihn setzte, für ganz selbstverständlich. Wie ich schon erwähnt habe, war Urug ein passiver Mensch. Die Wende in seinem Lebenslauf nahm er mit der gleichen Unbekümmertheit hin, wie er früher das Leben auf Kebon Djati und den Umgang mit mir hingenommen hatte. Ich glaube nicht, daß eine innige Beziehung zwischen ihm und Lida bestand. Urug tat im allgemeinen bereitwillig und ohne Widerrede, was sie von ihm verlangte. Vermutlich wollte Lida gar nicht, daß sich zwischen ihr und dem Jungen eine enge emotionelle Bindung entwickelte. Sie wollte lediglich als fördernde Kraft am Wachstum dieses Lebens teilhaben, das ihr in allen seinen Äußerungen vollkommen fremd blieb und sie vielleicht gerade deswegen in seinen Bann zog. Sie selbst war zu reserviert, wohl auch zu nüchtern, um ihre Zuneigung zu zeigen oder die seine zu verlangen. Ich kann mir vorstellen, daß sie sich durch die glänzenden Zeugnisse, die Urug nach Hause brachte, und durch seine Entwicklung vom schäbigen kleinen Dorfjungen zum flotten Schüler hinlänglich belohnt fühlte. Übrigens hatte sie in ihrem neuen Arbeitsbereich viel zu tun und kaum Zeit, sich mit Urug zu beschäftigen.

Lida hatte wenig Glück mit ihrem «Haus Alt-Bussum». Mit tiefem Mitgefühl denke ich daran zurück, wie sie sich abrackerte in einer Umgebung, die ihrer Veranlagung und ihren Grundsätzen zuwider war. Als Urug fünfzehn Jahre alt war – er ging damals in die zweite Klasse der Realschule –, entdeckte Lida zufällig, daß seine Besuche während der mittäglichen Siesta bei den schon erwähnten jungen Frauen, angeblich um Süßigkeiten bei ihnen zu naschen oder kleine Aufträge für sie auszuführen, nicht immer harmlos waren. Urug erzählte mir später ausführlich, wie sich alles zugetragen hatte. Es hat keinen Sinn, hier auf Einzelheiten einzugehen. Für Lida war der Zwischenfall ein Schlag ins Gesicht. Zum ersten Mal kam es ihr in den Sinn, daß Urug auch auf diesem Gebiet Anleitung brauchte. Bezeichnend für Lida war, daß sie Urug keine Schuld zutraute. Sie kündigte den Mieterinnen und überhörte ihre

Proteste und eindeutigen Anspielungen. Sie machte nur sich selber Vorwürfe, daß sie, wenn auch ohne ihr Wissen, eine solche Atmosphäre in ihrem Haus geduldet hatte. Zu diesem neuen Aspekt in Urugs Erziehung wußte sie sich keinen Rat. Sie behielt ihn schärfer im Auge und vermutete auch dort Gefahren, wo es gar keine gab. Das Herumlungern in der Stadt mit den Mädchen, die Tanzgesellschaften bei Poppie zu Hause, die vielen Kinobesuche jagten ihr Schrecken ein. Sie kannte Urug zur Genüge, um zu wissen, daß sie ihm nicht die biologischen Fakten beibringen mußte, sondern das «savoir-vivre», die Fähigkeit, Feines von Grobem, Stil von Stillosigkeit zu unterscheiden, sowie innere Disziplin und ein feines Gespür für Kitsch. Lida glaubte, nur ein Mann könne Urug diese Dinge beibringen. Sie sah unerwartete Komplikationen voraus, wenn ihr Schützling die kommenden schwierigen Jahre bei ihr in der Pension verbringen würde; nicht weil sie eine Wiederholung der Affäre mit den bewußten Damen fürchtete, sondern weil sie sich außerstande fühlte, dem Jungen die nötige Zucht und Ordnung aufzuzwingen. Es lag nahe, daß sie sich an die einzige Autorität wandte, die sie in ihrer näheren Umgebung kannte: an den Direktor meines Internats. Ich weiß nicht, wodurch Lida ihn dazu veranlassen konnte, einen Jungen aufzunehmen, der sich in Herkunft und Vorbildung so sehr von den anderen Schülern unterschied. Ich fürchte, daß eher finanzielle als ideelle Gesichtspunkte dabei den Ausschlag gaben, aber wer kann das schon sagen? Gut möglich, daß der Direktor es nur aus Sympathie für Lida tat.

Bis zum Ende seiner Schulzeit blieb Urug im Internat. Zuerst war er beleidigt und gekränkt, weil man ihm Zügel anlegte. Die strenge Tageseinteilung und die im Hause herrschende Atmosphäre gefielen ihm überhaupt nicht. Er war frech und aufsässig, hielt sich nicht an die Ausgangszeiten und sonderte sich ab, auch von mir. Nach und nach wurde mir klar, daß nicht nur Freiheitsdrang und Trotz Urugs Verhalten bestimmten, sondern zu einem guten Teil auch der Wunsch, den anderen Jungen zu imponieren. Er wußte, daß er sie nur durch Unverfrorenheit für sich gewinnen konnte. Meine Freundschaft mit Urug war allgemein bekannt, auch als er noch nicht im Internat wohnte. Ich hatte nie ein Hehl daraus gemacht, woher Urug stammte – ob mich die anderen Jungen deswegen kritisierten oder verspotteten, war mir viel zu unwichtig, als daß ich mich darum kümmerte. Bemerkungen wie «Wir haben dich im Pasar Baru mit deinem Djongos gesehen» oder «Warst du wieder mal mit deinem Eingeborenen unterwegs?» machten wenig Eindruck auf mich, solange es dabei blieb und sich meine Beziehungen zu den Jungen im Internat weder verbesserten noch verschlechterten.

Das änderte sich, als Urug zu uns kam. Bald fühlten wir uns von den anderen ausgeschlossen. Ich will nicht behaupten, daß dies auch nur im entferntesten etwas mit Boykott oder demonstrativem Verhalten zu tun hatte – ich möchte wetten, daß es den meisten überhaupt nicht auffiel. Inwiefern Urugs herausforderndes Benehmen dazu beitrug, weiß ich nicht. «Rabauken» wurden bei uns im allgemeinen eher respektiert als gemieden. Es lag wohl mehr an Urugs undefinierbarem «Anderssein», an dem kaum merklichen Unterschied in seinem Wesen und Verhalten, an einer Art Fluidum, würde ich sagen, wenn man derlei Dinge überhaupt in Worte fassen kann.

Von Feindseligkeiten gegenüber Urug war nicht die Rede. Es war eher Gleichgültigkeit und mangelndes Interesse. Urugs Versuche, sich in irgendeiner Weise hervorzutun, kamen nicht an. Ich glaube, daß er das sehr rasch erkannte. Eine Weile gefiel er sich noch in frechem und nonchalantem Auftreten, dann aber zog er sich in eine Unnahbarkeit zurück, die ich selbst auf Kebon Djati nicht an ihm gekannt hatte. Er verstummte, und der dunkle, spähende Blick wich nicht mehr aus seinen Augen. Wir schliefen im selben Raum, aber die Anwesenheit der beiden anderen Zimmergenossen verhinderte jedes vertrauliche Gespräch. Ich bezweifle überdies, daß Urug sich mir gegenüber je eine Blöße gegeben hätte. Auch auf unseren selten gewordenen Spaziergängen achtete er sorgfältig auf Distanz. Ich hatte nicht umsonst so lange in Urugs Nähe gelebt. Obwohl ich genug mit meinen eigenen Pubertätsproblemen zu tun hatte (auch ich hatte in jener Zeit niemanden, der mich leitete), spürte ich nicht ohne Mitgefühl, wo Urug der Schuh drückte. In der Realschule fiel es ihm nicht schwer, sich ebenbürtig zu fühlen, bei uns im Internat blieb er ein Außenseiter. Weder Kleidung noch Auftreten machten ihn zu dem, was er sein wollte: einer von uns. Vermutlich begann schon in dieser Zeit die Entfremdung zwischen Urug und mir. Es war unvermeidlich, daß er mich mit der europäischen Clique identifizierte, deren Abweisung er spürte. Ich wußte, daß er den Umgang mit seinen eurasischen Freunden und Freundinnen außerhalb der Schule aufgegeben hatte. Er bemühte sich jetzt um einen gewissen Abdullah Harudin, einen Jungen halb arabischer Abstammung, der ebenfalls vorhatte, an der NIAS zu studieren. Ich war ziemlich eifersüchtig auf die Freundschaft, aus der ich ausgeschlossen war. Ich weiß nicht, ob das auf Urugs oder Abdullahs Betreiben geschah. Tatsächlich kam es höchst selten vor, daß wir etwas zu dritt unternahmen. Im nachhinein halte ich es für wahrscheinlich, daß Urug im Umgang mit Abdullah einen Ausgleich suchte für seine prekäre Situation im Internat. Abdullah war klein und dick, er hatte ein intelligentes Gesicht und dunkles Kraushaar. Er trug eine große Brille mit schwarzer Fassung, die ihm ein drolliges Aussehen gab. Den Sinn für Humor teilte er mit Urug – sie lebten in einer Gedankenwelt, von der ich mich um so weiter entfernte, je älter ich wurde. Es kam oft vor, daß ich sonntags oder an den freien Abenden nicht zu Lida mitging, wenn Urug sich mit Abdullah verabredet hatte. Ich ärgerte mich sehr, und einmal ließ ich eine Bemerkung darüber fallen. Urug sah mich schweigend, und wie mir schien, sogar mit einer gewissen Genugtuung an. Eine beiderseitige Erklärung war ausgeschlossen.

Hin und wieder verbrachte ich die Ferien auf Kebon Djati, das sich so verändert hatte, als hätte man es verzaubert. Überall im Haus standen neue Möbel herum, und im neu angelegten Garten führten Kieswege zu gepflegten Blumenrabatten. Unter den Bedienten sah ich lauter unbekannte Gesichter. Eugenie, die ein wenig zugenommen hatte und geradezu unverschämt gesund aussah, schwang das Zepter nicht nur im Verwalterhaus, sondern offensichtlich über der ganzen Plantage. Mein Vater wirkte gesund und zufrieden. Er hatte sich ein Doppelkinn zulegt, das ihm über den Hemdkragen quoll. Seltsamerweise ähnelte er dadurch den großen Fröschen, die Urug und ich in unserer Kindheit immer gefangen hatten. Wenn ich ihn betrachtete, wie er breitbeinig, mit aufgekrempelten Hemdsärmeln im Sessel dasaß, den gespannten Hosengürtel überm Bauch, so konnte ich mir kaum vorstellen, daß dies derselbe Mann war, der vor ein paar Jahren mißmutig neben dem heiseren Grammophon auf der inneren Veranda gesessen hatte. Das Grammophon war verschwunden, an seinem Platz stand jetzt das Laufställchen meines kleinen Stiefbruders. Vater gab mir ein paar Briefe von Mutter, die sie mir aus Nizza geschrieben hatte, wo sie offenbar jetzt wohnte. Das lilafarbene, leicht parfümierte Papier erweckte meinen Widerwillen. Meine Mutter schrieb, als sei ich noch ein kleiner Junge und hatte das aus einer Zeitschrift geschnittene Bild eines neuen Rennwagenmodells beigelegt. Ich bemerkte, daß

Eugenie mich beobachtete, und das Blut stieg mir ins Gesicht. Mutter ließ auch Urug grüßen: «Was ist aus ihm geworden?» Ich versteckte die Briefe im Schrank des Gästezimmers und beschloß, nicht zu antworten.

Gerard hatte Urlaub genommen, meine Einsamkeit auf Kebon Djati war vollkommen. Ich wanderte über die Teefelder, die sich als einzige nicht verändert hatten und mich nach wie vor faszinierten. Der bittere Geruch der Blätter, die Blüten der Flamboyantbäume vor dem Himmel, die in der Stille weithin hörbaren Stimmen der Pflückerinnen – alles war noch wie früher, hier schien das Verstreichen der Jahre belanglos und ebenso flüchtig wie im Traum. Ich saß im Gras am Rande einer Schlucht und schaute über die Ebene, die unter bläulichem Hitzedunst lag. Ich hörte den Wind in den Bambuswäldchen hinter den Desa-Hütten rauschen und das Plätschern der Wasserläufe unter den Büschen. Wie immer taumelte eine Wolke von Schmetterlingen über den Tambleangsträuchern. Es schien mir absurd, daß Urug nicht bei mir war, als sei die sinnliche Wahrnehmung dieser Bergwelt für mich nicht möglich ohne Urugs Gegenwart. Ohne ihn war die Landschaft nicht vollständig. Einmal gab ich dem inneren Drang nach, die Leere auszufüllen, und ging zu Sidris, aber auch für sie war ich ein Fremder geworden. Sie scheute sich, mich mit meinem Vornamen anzureden, wie sie es früher getan hatte, und sagte, ich sei groß geworden, zu groß, um mich auf die Matte der Veranda zu setzen. Also holte man einen wackligen Stuhl aus dem Zimmer, und da saß ich nun, hoch über Sidris und ihren Hausgenossen. Mir war scheußlich zumute. Sidris benutzte mir gegenüber die Anredeformen und höflichen Wendungen, mit denen im Sundanesischen ein Untergeordneter den Höherstehenden anspricht. Am liebsten hätte ich die höflichen Worte in der gleichen Weise erwidert, doch die Furcht, sie könnte es als Spott mißverstehen, hielt mich davon ab. Sidris erkundigte sich nach Urug, den sie mehr als zwei Jahre nicht gesehen hatte. Der Ton, in dem sie über ihren Sohn sprach, verriet neben Stolz auch eine gewisse Wehmut. Dennoch beklagte sie sich mit keinem Wort darüber, daß er nicht kam und nichts von sich hören ließ. Ich fühlte, daß sie sich von Urug losgesagt hatte, daß er für sie und ihre Welt verloren war.

Ich blieb nicht lange bei Sidris. Als ich den Weg hinunterstieg, prägte sich das Bild der Umgebung mit den Sawahs, den grünen Bergkämmen und den Wolken darüber so stark in meine Netzhaut ein, als ahnte ich in einem verborgenen Winkel meines Bewußtseins, daß ich dies alles zum letzten Mal sah.

Einmal stieg ich auch zum Telaga Hideung hinauf, wo ich seit Deppohs Tod nicht mehr gewesen war. Der See machte seltsamerweise auch am hellichten Tag den Eindruck, als läge er im Mondschein. Das Licht, das zwischen den Berggipfeln und überhängenden Baumkronen zur Wasseroberfläche durchdrang, war goldgrün und wie gefiltert durch die Glasscherben eines Kirchenfensters. Ich sah die treibenden Schwimmpflanzen, die Kreise und Kräuselungen auf dem Wasser, wo Urugs Vater in der Tiefe verschwunden war. Im Wald ringsum herrschte tiefste Mittagsstille. Nur das Laub an den Wipfeln zitterte in einer leichten Brise. Ich schaute auf die dunklen Schatten zwischen dem Grün, in denen ich früher das Versteck von Nènèh Kombèl vermutet hatte. Obwohl ich seit Jahren nicht mehr an Geister und Gespenster glaubte, kam mir der See nicht minder unheimlich vor. Ich wußte keinen Namen, keine Erklärung für das beklemmende Gefühl, das Grauen, das in mir aufstieg, wenn ich die grünschwarze Wasserfläche betrachtete. Anscheinend gab es Stellen im See, wo das Wasser langsamer floß oder sogar stillstand – dort war das Spiegelbild der Bäume getrübt, und dem Wasser fehlte die dunkle Transparenz, die es an anderen Orten hatte. Ich behielt die sonderbaren, scharf abgegrenzten Stellen im Auge, und plötzlich glaubte ich in der Tiefe einen rötlichen Widerschein zu sehen, wie von fast schwarzem Blut. Ein heruntertrudelndes Blatt ließ mich klopfenden Herzens aufspringen. Der See war feindselig und fremd, ein unergründliches Element. Eine Wolke zog vor die Sonne, ihr Schatten fiel auf den Wasserspiegel. Über Wurzeln und Steinen stolpernd lief ich wie gehetzt den schmalen, steilen Pfad hinunter zum breiten Weg. Als wollte mich etwas zwingen zurückzublicken, aber ich gab der Versuchung nicht nach. Am nächsten Tag fuhr ich nach Batavia zurück.

Urug hatte die oberste Klasse seiner Schule erfolgreich abgeschlossen und ging nach Surabaja. Für mich begann das vierte Schuljahr der Oberschule. Das Briefeschreiben war, wie ich von vornherein erwartet hatte, nicht gerade Urugs Stärke. Ich mußte mich damit zufriedengeben, was Lida über ihn berichtete. Ich besuchte sie jetzt öfter; weniger um Neuigkeiten über Urug zu erfahren, als um einen matten Abglanz jener heimatlichen Atmosphäre wiederzufinden, die ich in Sukabumi bei ihr genossen hatte und die im Internat völlig fehlte. Doch Lida war nicht mehr fähig, diese Atmosphäre zu schaffen. Die tropische Hitze und die Sorgen machten sie nervös, und ihre Erfahrungen mit den Gästen und dem Personal hatten schließlich doch ihren Argwohn erweckt. Nur selten kehrte ihre alte Tatkraft zurück und damit jene «Grüne-Seifen-Mentalität», die Urug und ich trotz unserer spöttischen Bemerkungen insgeheim an ihr geschätzt hatten. Je mehr sie der Pensionsbetrieb enttäuschte, um so höher stiegen ihre in Urug gesetzten Erwartungen. Sie zeigte mir ein Foto von ihm inmitten seiner Studienkollegen, überwiegend einheimischen Studenten.

«Er sieht gut aus, findest du nicht?» fragte Lida und betrachtete das Foto durch ihre Arbeitsbrille. «Es gefällt ihm dort. Das wundert mich übrigens nicht, er lernt ja so rasch. Surabaja muß schön sein. Er wohnt bei Abdullahs Familie.» Der sehnsüchtige Unterton in ihrer Stimme ließ mich aufblicken. Die Backenknochen traten stark hervor aus ihrem schmalgewordenen Gesicht, die grauen Ponyfransen klebten wie gewöhnlich auf der verschwitzten Stirn. Blitzartig begriff ich, was sie mir schonend beizubringen versuchte. Sie wollte nach Surabaja.

Daß ich richtig vermutet hatte, zeigte sich in den folgenden Monaten. Immer ausführlicher sprach sie mit mir über Urugs Briefe. Er zeigte lebhaftes Interesse an seiner Arbeit und war mehreren Vereinigungen beigetreten, die er nicht näher beschrieb, die ihn aber offenbar völlig in Beschlag nahmen. Der Ton der Briefe überraschte mich. Ich konnte mir schwer vorstellen, daß Urug sie geschrieben hatte, Urug, der begeisterte Kino- und Eisdielenbesucher, der zwar aufgeweckte, aber faule Schüler, der die eurasischen Dandys nachgeäfft hatte. In den Briefen aus Surabaja gab es Zeilen, die von ganz anderen Interessen kündeten. Er kritisierte die Erlasse der Regierung auf medizinischem und hygienischem Gebiet und führte Beispiele an, wie Patienten aus der einheimischen Unterschicht vernachlässigt wurden. Die Art und Weise, wie er seine Vorwürfe formulierte, erweckte in mir den Verdacht, er gebrauche nicht seine eigenen Worte, sondern die eines anderen. Trotzdem hatte er sich als Anwärter zum indonesischen Gesundheitsdienst gemeldet und das damit verbundene Stipendium erhalten. Ich ließ Lida gegenüber eine Bemerkung über meinen Eindruck fallen.

«Es ist gut, daß er die Fehler sieht, wenn Fehler gemacht werden», sagte sie ausweichend.

Es folgte eine Zeit, in der Urugs Briefe spärlicher wurden. Über die Nachrichten, die sie neuerdings enthielten, sprach Lida nicht mehr so offen. Sie machte einen abwesenden, gereizten Eindruck, als bedrücke sie ein Problem, mit dem sie selbst nicht fertig wurde. Schließlich hieb sie den Knoten durch. Zum zweiten Mal gab sie ihre Pension auf und zog mit einem Waggon voll Koffern und Möbeln nach Surabaja.

Der Kontakt mit Urug und Lida beschränkte sich fortan auf sporadische Briefe und gelegentliche, eilig geschriebene Post- oder Ansichtskarten. Ich schloß aus der Korrespondenz, daß auch Lida bei Abdullahs Familie Gastfreundschaft genoß. Sie arbeitete als Oberschwester in einem einheimischen Krankenhaus. Meistens war sie es, die mir schrieb. Urug kritzelte manchmal seinen Namen oder einen Gruß darunter, das war alles.

Die Zeit verging rasch, da ich für mein Examen hart arbeiten mußte. Die Paukerei hatte Erfolg, und ich bestand die Prüfung wie erwartet mit guten Noten. Mein Vater kam nach Batavia, um alles weitere mit mir zu besprechen. Ich war jetzt siebzehn, beinahe achtzehn Jahre alt und hoch aufgeschossen für mein Alter. Die Frau des Internatsleiters hatte dafür gesorgt, daß ich lange Hosen bekam, denn mit den knapp gewordenen Shorts und den dünnen, behaarten Beinen machte ich einen lächerlichen Eindruck. Bei einem Glas Bier in der «Harmonie» teilte Vater mir seine Pläne mit. Er war damit einverstanden, daß ich Ingenieur werden wollte und hatte beschlossen, mich noch in diesem Jahr nach Delft zu schicken.

Von da an ging alles sehr rasch. Eine Passage auf einem Postschiff wurde für mich gebucht, ein frischlackierter Schrankkoffer nahm meine wenigen Habseligkeiten auf. Da Eugenie demnächst ihr zweites Kind erwartete, war ich auf Kebon Djati als Gast nicht willkommen. Aber bevor ich die Reise nach Holland antrat, fuhr ich nach Surabaja, um mich von Urug und Lida zu verabschieden.

Urug erwartete mich am Ausgang des Bahnhofs; er hatte eine ähnliche lange weiße Hose an wie ich. Sein Gesicht war schmaler, als ich es in Erinnerung hatte, mit ausgeprägteren Zügen. Ich sah sofort, daß er sein Topi wieder trug. Das Gewicht auf ein Bein verlagert, die Hände in die Hüfte gestemmt, stand er unbeweglich da und behielt den Ausgang neben dem Kontrollhäuschen im Auge. Als er mich erblickte, kam er mit lässigen Schritten langsam auf mich zu und begrüßte mich. Im ersten Augenblick hatte ich ihn kaum wiedererkannt. Statt des gelenkigen Jungen in amerikanischen Leinenschuhen und grellfarbenem Polohemd mit dem forschen Auftreten und den raschen Seitenblicken, die sowohl Verlegenheit als auch heimlichen Spott ausdrücken konnten, stand nun ein ernster junger Indonesier vor mir, erwachsener als ich selbst und durchdrungen von einem neuen, diesmal ganz ausgeglichenen Selbstbewußtsein. Ich wußte nicht gleich, wie ich mich ihm gegenüber verhalten sollte. Wir unterhielten uns über unsere Arbeiten, über meine Prüfung, über die NIAS. Ich erkundigte mich nach seinen Freunden und Hobbys. Er zögerte ein wenig und antwortete dann: «Ich habe viele Kontakte zu... zu Gleichgesinnten. Es gibt viel zu tun.»

Ich vermutete darin eine Anspielung auf das Vereinsleben, von dem er berichtet hatte, und fragte:

«Du hast damals von Clubs geschrieben. Was machst du, gefällt es dir dort?»

«Oh, das sind keine geselligen Zusammenkünfte», sagte Urug rasch, «glaub das nicht. Für so was haben wir keine Zeit. Aber natürlich haben wir auch unseren Spaß», fügte er hinzu.

«Was macht das Tanzen?» versuchte ich zu scherzen. Urugs Blick verfinsterte sich, er lächelte nicht einmal.

«Es gibt viel zu tun», wiederholte er nur.

Der Kleinwagen, den wir vor dem Bahnhof genommen hatten, hielt vor einem großen, ostindischen Haus in einer ruhigen Straße mit vielen Bäumen. Die vordere Veranda verschwand nahezu hinter den vielen Töpfen mit großen Farnblättern, Palmen und Frauenhaarfarn, die auf der Balustrade und der niedrigen Mauer standen. Aus dem dunklen Zimmer kam eine Frau in einem weiten, geblümten Baumwollkleid und mit Pantoffeln an den Füßen; das ergrauende Haar war glatt nach hinten gekämmt und an den Seiten mit Haarklammern festgesteckt. Ihr träger Gang hatte etwas unverkennbar Indonesisches. Es war Lida.

«Hallo», sagte sie mit einem Anflug ihres einstigen munteren Lächelns. Sie wischte sich die Stirn ab und lud mich ein hereinzukommen. Im hinteren Teil des Hauses saßen Abdullah und seine Familie: ein dicker älterer Mann im Schlafanzug und zwei etwa sechzehnjährige Mädchen mit feinen javanischen Gesichtszügen. Abdullah hatte sich weniger verändert als Urug. Er begrüßte mich lächelnd und zog einen Schaukelstuhl für mich heran.

Das Gespräch begann ein wenig stockend. Weder Urug noch Lida oder ich konnten den vertraulichen Umgangston von früher wiederfinden, und es kam mir vor, als sei dies auch nie wieder möglich. Diese Lida, die zusammengesackt in ihrem Sessel saß und kandierte Tamarinde in Stücke zerbrach, die nackten Füße in zu große Pantoffeln gesteckt, erinnerte kaum noch an die Frau, die ich in Sukabumi und später in Batavia gekannt hatte. Außerdem konnte ich nicht begreifen, warum sie hier im Haus wohnte. In Surabaja gab es freie Wohnungen genug, und um in Urugs Nähe zu bleiben, hätte sie sich etwas einfallen lassen können. Die altmodisch möblierte hintere Veranda hing voller Vogelbauer, in denen verschiedene Arten von Vögeln herumhüpften und zwitscherten. Auf einer Stange saß ein Beo mit einer dünnen Kette um den Fuß. Auch hier eine Fülle von Farnen und anderen Pflanzen in Porzellantöpfen. Über dem schattigen Garten wölbten sich kuppelartig die niederhängenden Zweige und Luftwurzeln eines Waringin-Baumes. Ich weiß, es klingt sonderbar, aber einen Augenblick lang kam es mir vor, als gäbe es einen Zusammenhang zwischen dieser dämmrigen Veranda voller Pflanzen und Vögel und Telaga Hideung, wie ich ihn zuletzt gesehen hatte, als eine Wolke vor die Sonne zog. Der Eindruck verflüchtigte sich allmählich, als eine von Abdullahs Cousinen die Lampe anzündete, deren kahle, mattgläserne Kugel bald von Insekten umschwirrt wurde.

Nach dem Abendessen wurde die Stimmung etwas gemütlicher. Lida erzählte in einem mir ungewohnten, schleppenden Tonfall von ihrer Arbeit im Krankenhaus. Ich fragte, warum sie nicht in einem europäischen Krankenhaus angestellt war. Sie wechselte einen Blick mit Urug und Abdullah, den ich nicht verstand.

«Sie spricht schon gut Malaiisch», sagte Urug, «und jetzt lernt sie Javanisch.»

«Damit ich Urug später bei seiner Arbeit in den Dörfern helfen kann», fügte Lida hinzu, ohne die Augen von ihrem Pflegesohn abzuwenden.

«Später... wird das nötig sein», sagte Urug mit einem flüchtigen Lächeln in den Augen.

«Du gehst in den Staatsdienst, nicht wahr?» fragte ich. Nicht weil ich eine bestätigende Antwort erwartete, sondern weil ich das Gespräch in Bahnen lenken wollte, auf denen ich ihnen folgen konnte. Abdullah, der *katjang*, Erdnüsse, schälte, hob ruckartig den Kopf.

«Nein, ich werde nicht in den Staatsdienst gehen», antwortete Urug.

«Aber du bekommst doch ein Stipendium – oder nicht?» warf ich ein.

«Sie bezahlt mein Studium», sagte Urug mit einer seitlichen Kopfbewegung in Lidas Richtung. Ich ließ meinen Blick zwischen ihnen hin und her wandern. Die Insekten schwirrten und summten um die Lampe. Der alte Mann, der bislang wenig gesagt hatte, schaukelte schweigend in seinem Sessel. Lida zupfte an einem Bambussplitter an der Tischkante, aber Urug und Abdullah erwiderten meinen Blick. Ich hatte plötzlich das Gefühl, dies sei der Augenblick, auf den sie schon lange gewartet hatten. Endlich konnten sie die Karten vor mir, ihrem Gegner, offen auf den Tisch legen. In diesem Moment war ich für sie das Symbol, die Personifizierung von alldem, wogegen sie sich mit dem Einsatz ihrer gesamten Persönlichkeit auflehnten. Ich besann mich auf meine Vernunft und meinen Realitätssinn, die mir auf dieser stillen Veranda zu entgleiten drohten.

«Was soll das heißen?» fragte ich Urug.

«Daß ich meine Hand nicht bei der niederländischen Kolonialregierung aufhalten will», sagte er kühl. «Ich brauche eure Hilfe nicht.»

«*Eure* Hilfe?» fragte ich. Das Blut stieg mir in den Kopf, denn jetzt wurde mir die Bedeutung seiner Worte klar. «Aber bei Lida hältst du sehr wohl die Hand auf.»

«Lida denkt genau so wie wir», sagte Urug stolz. Ein Wort ergab das andere, und es entspann sich eine Debatte, in der ich mich auf die Verteidigung beschränken mußte, da die Materie mir fremd war. Ich wußte so gut wie nichts von den nationalistischen Strömungen, von den freien Schulen, von dem Gärungsprozeß, der gewisse Schichten der indonesischen Bevölkerung erfaßt hatte. Schweigend lauschte ich dem Schwall von Beschuldigungen und Vorwürfen, die Urug und Abdullah, jetzt richtig in Fahrt gekommen, gegen die Kolonialregierung, gegen die Niederländer, gegen die Weißen im allgemeinen erhoben. Viele Behauptungen waren meiner Meinung nach schlecht begründet oder ungerecht, aber mir fehlten die stichhaltigen Argumente, sie zu widerlegen. Mein Staunen wuchs mit jeder Minute, denn Urug hatte sich im neuen Milieu der progressiven Studenten und jungen Agitatoren zum Redner entwickelt.

«Der Desa-Mann, das einfache Volk, wird absichtlich in Unwissenheit gehalten», sagte er scharf. Er lehnte sich über den Tisch vor und sah mir gerade in die Augen. «Es lag in eurem Interesse, die Menschen an ihrer Entwicklung zu hindern. Doch das ist jetzt vorbei. Dafür werden wir sorgen. Wir brauchen keine Wajangpuppen und Gamelans, keinen Aberglauben und keine Dukuns – wir leben nicht mehr im Reich von Mataram, und Java muß nicht wie eine Ansichtskarte für Touristen aussehen. Was sollen wir mit all dem Ballast. Der Borobudur ist auch nur ein alter Steinhaufen. Was wir brauchen, sind Fabriken, Kriegsschiffe, moderne Kliniken und Schulen und vor allem das Recht, über unsere eigenen Angelegenheiten zu bestimmen...»

Während Urug sich ereiferte und mit der geballten linken Faust seine Worte unterstrich, blickte ich wie im Traum in die starren Gesichter der anderen. In einer dunklen Ecke der Veranda, außerhalb des Lichtkreises der Lampe, flüsterten Abdullahs Cousinen miteinander. Der alte Mann nickte immer wieder nachdrücklich und zustimmend mit dem Kopf. Abdullah fuhr fort, Erdnüsse zu schälen, aber wenn er aufschaute, funkelten seine dunklen Augen hinter den Brillengläsern. Lida sagte von Zeit zu Zeit: «Ja – ja.» Sie hatte den Bambussplitter abgerissen und spaltete ihn mit dem Nagel in einzelne Fasern. Sie sah mich nicht einmal an. Ich fühlte, daß sie sich heimlich vor mir schämte und im tiefsten Grunde ihres Wesens wohl selber wußte, daß dieses neue Ideal die letzte Zuflucht ihres einsamen, kindlichen Herzens war. Das Mitleid schnürte mir die Kehle zu. Hätte ich damals meine Gedanken und Empfindungen genauer formulieren können, so wäre vielleicht manches anders verlaufen. Aber so saß ich Urug und Abdullah gegenüber, als spielte ich eine Rolle in einem bösen Traum.

Das Gefühl der Unwirklichkeit verließ mich auch später nicht, als ich mich zum Schlafen in das für mich hergerichtete Zimmer zurückzog. Durch die weitgeöffneten Fenster sah ich die funkelnden Sterne über den Zweigen des Waringin-Baumes. Um mich herum erklangen die vielen vertrauten Geräusche der indonesischen Nacht. Aber diesmal fühlte ich mich irgendwie ausgeschlossen. Im benachbarten Zimmer hörte ich Urug und Abdullah mit gedämpfter Stimme reden. Zwischen ihrer und meiner Welt hatte sich eine Kluft aufgetan.

Ich reiste nach Europa. Es hat keinen Sinn, hier in allen Einzelheiten über die nachfolgende Zeit zu berichten, über den kurzen Aufenthalt bei meiner Mutter in Nizza und über meine Studien in Delft, die vom Krieg unterbrochen und später durch Erlasse der deutschen Besatzungsmacht endgültig unterbunden wurden. Wie die meisten meiner Bekannten nahm ich am illegalen Widerstand teil. In Gedanken beschäftigte ich mich immer häufiger mit dem Schicksal, das meinen Vater und seine Familie sowie auch Urug und Lida ereilt hatte und das ich mir nur vage vorstellen konnte.

Nach der Kapitulation Japans erreichten mich die ersten Nachrichten. Mein Vater war tot, Eugenie und die Kinder warteten in Batavia auf eine Transportgelegenheit nach Holland. Von Urug und Lida hörte ich nichts, obwohl ich mich verschiedentlich nach ihnen erkundigte. Ich beendete mein Studium und tat, was ich mir seit Jahren vorgenommen hatte: Ich bewarb mich um eine Stelle in Indonesien. Die chaotischen Zustände und sonderbaren Verhältnisse, die die japanischen Besetzer als Erbe hinterlassen hatten, schreckten mich nicht zurück. Ich zweifelte keinen Augenblick lang an dem vorübergehenden Charakter dieser Schwierigkeiten. Das «koloniale» Denken, das im Vaterland der Nachkriegszeit so oft – und nicht zu Unrecht – kritisiert wurde, lag mir fern. Mein Wunsch, nach Indonesien zurückzugehen und dort zu arbeiten, gründete sich im wesentlichen auf ein tiefes Gefühl der Zugehörigkeit zu dem Land, in dem ich geboren und aufgewachsen war. Die Jahre, die ich in Holland verbracht hatte, bedeuteten mir trotz aller wichtigen Erfahrungen weniger als meine Jugend und Schulzeit auf Java.

Wenn es stimmt, daß es für jeden Menschen eine Landschaft der Seele gibt, eine bestimmte Atmosphäre und Umgebung, die ihn in den tiefsten Gründen seines Wesens bewegt und erschüttert, dann war – und ist – meine Landschaft das Bild der Berghänge von Preanger: der bittere Geruch der Teesträucher, das Plätschern klarer Bergbäche über den Felsblöcken, die blauen Wolkenschatten über der Tiefebene. Wie schmerzhaft meine Sehnsucht nach dieser Gegend sein konnte, hatte ich in den Jahren erlebt, als jede Verbindung unterbrochen und keine Rückkehr möglich war.

Die Begegnung mit Eugenie in Den Haag, ihr heftiger, ja hysterischer Widerwillen gegen das Land, in dem so viele Greueltaten geschehen waren, konnten meine Freude über die Rückkehr nicht verderben.

Meine Ankunft in Batavia fiel zusammen mit dem Ereignis, das ich der Einfachkeit halber als Polizeiaktion bezeichnen will. Von Urug fand ich keine Spur. Über das Schicksal der NIAS-Studenten fehlten jegliche Angaben. In den Straßen von Batavia, die schmutziger waren als früher, aber mir dennoch vertraut, wie ein bekanntes, von Leid und Alter zerfurchtes Gesicht uns vertraut sein kann, sah ich mich unwillkürlich unter den Passanten nach Urug um. Hundertmal glaubte ich ihn erkannt zu haben, und ebensooft wurde ich bei näherem Hinsehen enttäuscht. Einmal entdeckte ich Abdullah in einer Menge, die sich vor dem Pressebüro «Aneta» drängte und auf die Bekanntgabe eines Kommuniqués wartete. Ich erkannte ihn sofort an seiner Brille, obwohl er ärmlich gekleidet und stark abgemagert war.

«Abdullah?» rief ich über die Köpfe hinweg, die uns voneinander trennten. Er blickte auf und schaute sich um. Ob er mich gesehen hatte? Das Sonnenlicht spiegelte sich in seinen Brillengläsern und verhinderte, daß ich seinen Blick erkennen konnte. Einen Moment lang blieb er zwischen den drängelnden Menschen stehen und wandte mir sein Gesicht zu. Ich wollte zu ihm gehen, aber als uns nur noch wenige Meter trennten, drehte er sich um und entfernte sich in der entgegengesetzten Richtung. Ich rief nochmals seinen Namen und stieß in meiner Eile die Umstehenden beiseite, aber Abdullah war längst im Gedränge verschwunden.

Ich bekam eine Stelle bei einem Unternehmen, das die von den Republikanern zerstörten Brücken in Preanger wieder aufbaute. Mein erster Standort lag nur wenige Autostunden von Kebon Djati entfernt, und ich konnte der Versuchung nicht widerstehen, mich bei der nächsten Gelegenheit einer Patrouille anzuschließen, die zu einem Kontrollgang in jenes Gebiet aufbrach. Vom offenen Lastwagen aus hielt ich Ausschau über die geliebte Landschaft. Beiderseits der Straße, die voller Schlaglöcher war, erblickte ich dieselben grünen Vorgebirge, dieselben Bambuswäldchen, an die ich mich von früher her erinnerte. Das Wasser auf den Sawahs glitzerte in der Sonne; außer den in unerschütterlicher Ruhe dahinsegelnden Wolken spiegelten sich darin auch umgestürzte oder abgebrochene Telegraphenstangen und ein Gewirr zerrissener Stahldrähte. In schmutzige Lumpen gehüllte Menschen standen in kleinen Gruppen herum und schauten mit ausdruckslosen Gesichtern dem Lastwagen nach. Kleine Kinder hüpften am Straßenrand auf und ab, ihre schrillen Stimmen übertönten das Rumpeln der Wagenräder.

Vom Bahnhof, auf dem Urug und ich den Zug nach Sukabumi bestiegen hatten, waren nur noch die schwarzversengten Fundamente übrig. Wo einst die Warongs gestanden hatten, wuchsen Unkraut und Sträucher, die Desa-Hütten an der anderen Straßenseite waren verschwunden. Nach einer Wegbiegung wußte ich, daß wir die Grenze der Teefelder erreicht hatten. Von hier aus konnte man früher das Verwaltungsgebäude sehen, einen weißen Fleck zwischen den endlosen Sträucherreihen auf halber Höhe des Berghangs. Mein Herz klopfte, als ich mich über die Seitenwand des Lastwagens beugte. Ich erwartete nicht, das alte Bild unversehrt wiederzufinden, denn auch Kebon Djati hatte auf der Route der abziehenden Republikaner gelegen. Aber mochte das Unternehmen auch noch so vernachlässigt oder verwildert sein, es war mein Zuhause, zu dem ich heimkehrte.

Der Anblick der Landschaft, die sich nach einer weiteren Wegkurve vor mir erstreckte, war schlimmer als ein Alptraum. Die schwarzverbrannten Hügelkuppen waren gespenstisch nackt. Wie zwischen den Rippen eines ungeheuren Kadavers fuhr der Lastwagen den Hang hinauf. Als mir einfiel, daß ich vergessen hatte, nach dem Haus zu sehen, wußte ich, daß es nicht mehr stand. Es wäre mir schwergefallen, die genaue Stelle zu bestimmen, an dem es hätte stehen müssen. Der Lastwagenfahrer bot mir an, zu den Ruinen zu fahren. Die Patrouille war schon früher einmal hier gewesen, um den Schaden aufzunehmen. Doch ich lehnte ab, und wir fuhren weiter zwischen den schwarzen Hügeln. Erst als wir in den Tunnel des Urwalds eindrangen, erkannte ich die Umgebung wieder, die mein Gedächtnis bewahrt hatte. Dieselben eiskalten Rinnsale sickerten an den steilen, mit Farnen bewachsenen Hängen herunter, derselbe Geruch von Erde und verrottenden Pflanzen schlug uns aus den schattigen Tiefen des Grüns entgegen. Ich fand die Stelle, wo in der Wildnis der Seitenpfad zum Telaga Hideung hinaufführte, und bat meine Gefährten anzuhalten. Nach der langen Fahrt war ihnen ein kurzer Aufenthalt willkommen. Sie sprangen vom Wagen, um sich die Füße zu vertreten. Unter einem Vorwand entfernte ich mich und tauchte weg zwischen den Bäumen. Ich ging schnell, obwohl der Pfad zwischen den Gräsern und Sträuchern kaum erkennbar war. Ich orientierte mich an den Baumgipfeln und an dem hellen Fleck in der Ferne, wo, wie ich wußte, das Sonnenlicht zwischen den Berghängen auf den See fiel. Ringsum im Gesträuch sangen Vögel, deren Namen ich vergessen hatte. Noch immer war der Urwald erfüllt von dem ständigen, geheimnisvollen Rauschen, das für alle Zeit diesen Ort kennzeichnet. Auch den See mit seinem schwarzen Spiegel, die Wasserpflanzen und die Kräuselungen auf der Oberfläche fand ich unverändert vor. Eine Wildtaube rief lockend und sanft in den dunklen Baumgruppen an der anderen Seeseite. Ich hockte mich am Ufer nieder und schaute zum flimmernden Goldgrün der Gipfel hinauf, die oberhalb der Schlucht von der Sonne beschienen wurden. Vom Wasser stiegen kaum wahrnehmbare Geräusche auf, wenn eine Kröte oder Eidechse zwischen den Uferpflanzen verschwand. Die Luftwurzeln der Bäume trieben reglos auf dem Wasserspiegel. Die Wildtaube rief wieder, jetzt näher, wie mir schien. Ich dachte an die Zeit, als Urug und ich in gestreiften Baumwollanzügen auf den Stufen der hinteren Veranda in Kebon Djati gespielt hatten. Auch dort verstummte nie das Gurren der Tauben, die in Käfigen hinter den Dienstbotenkammern hingen.

Das Ufergras raschelte im Wind, wieder lief eine Kräuselung über das Wasser. Ich glaubte das stumpfrote Glänzen unter der Oberfläche zu sehen, das mich vor Jahren an geronnenes Blut erinnert hatte. Auf der Veranda bei Abdullah hatte ich ebenfalls daran denken müssen – warum?

Ein Schatten fiel neben mir auf den Boden. Ich drehte mich um. Neben mir stand ein Indonesier in schmutzigen Khakishorts, ein Kopftuch aus *kain*-Stoff lässig um das wirre Haar geknüpft. Er sah mich an mit einem scharfen und doch verhangenen Blick und bedeutete mir, die Hände vor seinem drohenden Revolver zu heben.

«Urug», sagte ich leise. Die Wildtaube flog mit lautem Flügelschlag aus den Bäumen hoch.

Ich weiß nicht, wie lange wir uns dort wortlos gegenüberstanden. Ich rührte mich nicht, er sich auch nicht. Ich wartete ohne Angst und völlig entspannt. Mir war, als sei der Augenblick gekommen, zu dem alle Ereignisse seit Urugs und meiner Geburt mit unerbittlicher Konsequenz geführt hatten. Ohne Wissen und Willen war er in unserem Inneren gewachsen und gereift. Wir standen an einem Kreuzpunkt, an dem wir uns zum ersten Mal in unserem Leben in rückhaltloser Offenheit begegnen konnten.

Er hob die Waffe.

«Ich bin nicht allein», sagte ich, aber ich glaube nicht, daß die Angst mich dazu trieb. Es war mir völlig gleichgültig, ob er mich erschießen würde oder nicht. Seine Miene änderte sich nicht, aber der Zeigefinger am Abzug des Revolvers entspannte sich. Ich schloß daraus, daß er allein war.

«Verschwinde», sagte er auf sundanesisch, «verschwinde, sonst schieße ich. Du hast hier nichts zu suchen.»

Ich sah, daß er blaß geworden war. Eine Narbe auf seiner Wange zeichnete sich schärfer als zuvor gegen die Haut ab.

«Hör zu...» begann ich, doch er unterbrach mich mit zorniger Stimme: «Verschwinde. Du hast hier nichts zu suchen.» Seine Augen glänzten schwarz wie der Wasserspiegel des Telaga Hideung und gaben ebensowenig preis, was in ihrer Tiefe verborgen lag.

Ich sah ein, daß es Wahnsinn gewesen wäre, auf einem Gespräch mit ihm zu beharren. Was ich wissen durfte, war ohnehin deutlich zu sehen. Um den rechten Arm trug er eine schmuddelige Binde, auf der noch das Rote-Kreuz-Zeichen sichtbar war. Der Kris in seinem Gürtel, das auf sundanesische Art um den Kopf gewundene Kaintuch, die amerikanischen Khakishorts und der Revolver, der aus dem Nachlaß der Japaner stammen mochte – was gab es da viel zu fragen, welche Etappen er auf seinem Weg zurückgelegt hatte?

«Verschwinde», wiederholte er überflüssigerweise. Ich wandte mich halb um und sah auf den Telaga Hideung hinab, auf dieses uralte Kraterloch, das der Regen zum See aufgefüllt hatte – ein Spiegel für Bäume und Wolken, ein Spielplatz für Licht und Schatten, Windstöße und Wasserschlangen – ein verborgenes Reich, das seine Grausamkeit durch blutrote Reflexe und Fangstengel unter der schwarzen Oberfläche verriet.

Eine Wolke schob sich vor die Sonne, der See glänzte kühl wie Tinte oder Blei. In der Ferne erklang der schrille Pfiff des Patrouillenführers. Er zeigte an, daß man mich vermißte.

Die Augen des Javaners suchten blitzschnell die Sträucher um uns ab. Er dachte nicht mehr an mich. Jeder Muskel seines Körpers spannte sich zur Abwehr, zur Flucht. Halb von mir abgewandt, überlegte er kurz. Das zerrissene Hemd gab den Blick auf den sehnigen Nacken und die mageren Schulterblätter frei. Sein Anblick erweckte in gleichem Maße Mitleid und Furcht – ein wildes Tier im Hinterhalt, aber auch das intelligente Wesen, das die Desas verwüstet und die Hügel abgebrannt hatte. Noch einen

Augenblick lang sah ich ihn vor dem dunklen Hintergrund des Waldes verharren.

Die Stimmen meiner Gefährten näherten sich auf dem Pfad unter den Bäumen. Als ich mich umsah, war er verschwunden, ich weiß nicht, in welche Richtung. Die Blätter rührten sich kaum, auch der Wind könnte sie bewegt haben. Ich ging zurück und schloß mich der Patrouille wieder an.

War es wirklich Urug gewesen? Ich weiß es nicht und werde es auch niemals wissen. Ich habe sogar die Fähigkeit verloren, ihn wiederzuerkennen.

Ich wollte nichts anderes tun, als einen Bericht über unsere gemeinsam verbrachte Jugend schreiben. Ich wollte das Bild jener Jahre festhalten, die jetzt so spurlos vergangen sind wie Rauch im Wind. Kebon Djati ist nur noch eine Erinnerung wie auch Lida und das Internat; Abdullah und ich gehen schweigend aneinander vorbei, Urug werde ich nie mehr begegnen. Überflüssig zuzugeben, daß ich ihn nie verstanden habe. Ich kannte ihn, wie ich Telaga Hideung gekannt habe – die spiegelnde Oberfläche. Die Tiefe habe ich nie ausgelotet. Ist es zu spät? Bin ich für immer ein Fremder geworden im Land meiner Geburt, auf dem Boden, von dem ich mich nicht losreißen kann? Die Zeit wird es lehren.

Glossar

babu	Dienstmädchen, Kindermädchen
bale-bale	Bambuspritsche
bami	Nudelgericht
Borobudur	buddhistischer Tempelkomplex auf Java, errichtet um 800 n. Chr.
Dajak	altmalaiischer Stamm
desa	Dorf
djait	Hausnäherin
djongos	Diener, Hausbursche
dukun	Medizinmann
gamelan	Ensemble von Schlagzeugspielern
gulali	weiche Zuckerstangen
guna-guna	Zauberei, Schwarze Magie
kabaja	Frauenjäckchen aus dünnem Stoff
kain	gebatikter Baumwollstoff
kali	Fluß
kampong	Stadtbezirk der Indonesier, auch Arbeitersiedlung auf einer Plantage
katjang	Erdnuß, auch Schimpfwort für Indonesier
ketan	Reisgericht mit Kokosraspeln und Zuckersirup
klontong	chinesischer Hausierer
kris	malaiischer Dolch
mandur	indonesischer Aufseher

Mataram	javanisches Fürstentum im 16. Jh. n. Chr.
NIAS	Nederlands-Indische Artsenschool, Niederländisch-Indonesische Hochschule für Ärzte
obat	Medizin
pantjoran	Badestelle (in Bach oder Fluß)
potong-en	schneiden
rudjak	rohes Obst in scharfer Soße
sarong	um die Hüfte geschlungenes, buntes Tuch, auch Rock
sawah	Reisfeld
sinjo besar	junger Herr
slendang	Schultertuch, langer Schal
trasi	scharfgewürzte Garnelenpaste
wajang-Puppe	Puppe des javanischen Schattenspieltheaters
warong	Imbißstube, kleiner Kiosk

Umschlaggestaltung Susanne Müller
(Foto aus der Verfilmung des Romans
unter dem Titel «Going Home» von Hans Hyklema.
Mit freundlicher Genehmigung der
Lichtblick Filmproduktion GmbH, Hamburg)
Abbildung Seite 2 Copyright © Isolde Ohlbaum
Satz Bembo (Linotronic 500)
Gesamtherstellung Clausen & Bosse, Leck
Printed in Germany

rororo Unterhaltung

Historische Romane

Dorothy Dunnett
Die Farben des Reichtums Der Aufstieg des Hauses Niccolò *Roman*
(rororo 12855)
«Dieser rasante Roman aus der Renaissance ist ein kunstvoll aufgebauter, abenteuerreicher Schmöker über den Aufsteig eines armen Färberlehrlings aus Brügge zum international anerkannten Handelsherrn – einer der schönsten historischen Romane seit langem.» Brigitte

Josef Nyáry
Ich, Aras, habe erlebt... *Ein Roman aus archaischer Zeit*
(rororo 5420)
Aus historischen Tatsachen und alten Legenden erzählt dieser Roman das abenteuerliche Schicksal des Diomedes, König von Argos und Held vor Trojas Mauern.

Pauline Gedge
Pharao *Roman*
(rororo 12335)
«Das heiße Klima, der allgegenwärtige Nil und die faszinierend fremdartigen Rituale prägen die Atmosphäre diese farbenfrohen Romans der Autorin des Welterfolgs ‹Die Herrin vom Nil›.» The New York Times

Pierre Montlaur
Imhotep. Arzt der Pharaonen *Roman*
(rororo 12792)
Ägypten, 2600 Jahre vor Beginn unserer Zeitrechnung. Die Zeit der Sphinx und der Pharaonen. Und die Zeit des legendären Arztes und Baumeisters Imhotep. Ein prachtvolles Zeit- und Sittengemälde der frühen Hochkultur des Niltals.

T. Coraghessan Boyle
Wassermusik *Roman*
(rororo 12580)
Ein wüster, unverschämter, barocker Kultroman über die Entdeckungsreisen des Schotten Mungo Park nach Afrika um 1800. «Eine Scheherazade, in der auch schon mal ein Krokodil Harfe spielt, weil ihm nach Verspeisen des Harfinisten das Instrument in den Zähnen klemmt, oder ein ärgerlich gewordener Kumpan fein verschnürt wie ein Kapaun den Menschenfressern geschenkt wird. Eine unendliche Schnurre.» Fritz J. Raddatz in «Die Zeit»

John Hooker
Wind und Sterne *Roman*
(rororo 12725)
Der abenteuerliche Roman über den großen Seefahrer und Entdecker James Cook.

3288/1